LES HARENGS DE LA RUE NIKOLSKAÏA

MONIQUE LACHÈRE

LES HARENGS DE LA RUE NIKOLSKAÏA

MOBILES

L'AGE D'HOMME

PERSONNAGES

Constantin Vassilievitch Romanov, acteur populaire de théâtre et de cinéma. Soixante ans. Environ. Colosse viril, un peu mal embouché, qui en réalité n'a pas d'âge. Déplace de l'air, mais au fond plutôt tranquille. De l'allure au propre et au figuré sous ses airs macho et sa veste fatiguée. Humour à froid. Envers et contre tout attachant.

Varvara Ivanovna Smirnova, biographe. Trente-cinq ans environ. Sans âge bien défini non plus. Mince, féminine, plutôt branchée, pas du tout « pro » ou féministe. Moins extravertie que lui, souvent avare de ses mots, se cherche intérieurement, un soupçon mal embouchée elle aussi, et quelque part en dépit de leur différence d'âge et de tempérament de la même espèce que lui.

*

On les entend chanter mais on ne les voit pas :

Piotr Petrovitch, ancien chauffeur de Constantin Vassilievitch.

Fedor Sergueievitch, son ancien garde du corps.

Oubliés de l'administration, tous deux reconvertis en hommes à tout faire chez Constantin Vassilievitch. Musiciens tziganes ou populaires russes le soir dans les restaurants.

L'action se passe à Moscou

ACTE I

Scène I

Constantin Vassilievitch seul. Il habite un grand appartement vétuste sur l'Arbat. Capharnaüm oriental où s'entassent dans le jour fatigué divan, coussins, tapis, meubles anciens, une ou deux belles icônes. Sur une table ronde, un ancien samovar, très beau, supportant une petite théière en cuivre. Sur une espèce de bahut tout près, un gâteau dit « Lénine », un feuilleté caucasien à la frangipane, quelques tasses à thé, une bouteille de vodka « Raspoutine », une autre bouteille « Jarinovski » mais qui doit être là par hasard, quelques verres ou gobelets en porcelaine russe. Un peu partout, des manuscrits et des livres. Aux murs, gravures, affiches, photos, souvenirs de carrière. Une haute fenêtre donne sur le théâtre Vartangov, l'un des anciens théâtres de Moscou. Constantin Vassilievitch assis sur un vieux fauteuil passé, enlève une de ses chaussures, en considère l'élégance et la facture. Puis il approche de lui un cheval miniature en bois, au ventre creux (sorte de petit cheval de Troie), qui fait office de nécessaire à chaussures, y prend du cirage et une brosse, des gants, et ganté entreprend de cirer sa chaussure. Au bout d'un moment on entend au bout de l'appartement le début d'une chanson tzigane ou populaire russe.

CONSTANTIN VASSILIEVITCH

(Du genre assez « macho » sans s'en rendre compte bien entendu, bougonne souvent, humour à froid, se pique de temps en temps d'une ou deux expressions branchées. Tout en cirant)

Quand ils auront fini de répéter !... C'est « calvaire » leur répertoire à ces deux-là ! *(Après avoir ciré le dessus de sa chaussure, il en cire la semelle, et commence à faire briller le tout.*

Une sonnerie à la porte l'interrompt. Il lance à la cantonade) Piotr Petrovitch, la porte ! *(Personne au fond de l'appartement ne bouge. La sonnerie retentit une deuxième fois. Il lance à nouveau)* Fedor Sergueievitch, la porte !... *(La musique s'arrête, Il continue à la cantonade)* Ça doit être les pirojkis de la vieille du dessous ! *(A la cantonade)* Hier soir je suis passé dans un vieux film. Chaque fois que je passe dans un vieux film elle me fait monter ses pirojkis au chou ! *(Personne ne bouge à nouveau. Constantin Vassilievitch remet sa chaussure et marmonne)* « Calvaire » aussi ses pirojkis huileux à celle-là ! *(Il va ouvrir lui-même et tombe sur Varvara Ivanovna : pantalon étroit, boots, blazer décontracté. Représente en quelque sorte la nouvelle Russie, mais avec une certaine allure elle aussi)*

VARVARA IVANOVNA

(Du bout des lèvres, toujours un peu avare de ses mots)

Je suis chez Arkadina Sokolova... l'ancienne danseuse du Bolchoï ?

CONSTANTIN VASSILIEVITCH

(La considérant, vaguement en arrêt)

Non, vous n'êtes pas chez l'ancienne danseuse du Bolchoï. Si j'avais l'air d'une ancienne danseuse du Bolchoï, au loto ça vaudrait des points !

VARVARA IVANOVNA

(Vaguement désarçonnée)

Ah...

CONSTANTIN VASSILIEVITCH

La vieille du Bolchoï c'est l'étage au-dessous, en face du baryton Demskoï marié à l'ancienne tireuse de cartes du Politbureau ! Je pensais qu'elle nous envoyait ses pirojkis. Chaque fois qu'elle me voit dans un vieux film, elle me fait monter ses pirojkis. *(En bougonnant, mais tranquille)* Entrez, vous faites courant d'air ! Vous êtes journaliste ? *(En don-*

nant des coups à la porte qui ferme mal) Les journalistes en mal de papiers se bousculent devant son fume-cigarettes ces temps-ci. Ils la ressortent régulièrement du placard pour l'exhiber à la télévision comme un fossile. Elle a été l'élève de Marius Petipa au Kirov au début du siècle, ça ne s'invente pas, et c'est elle qui a poussé Noureev quand il ramassait encore des pommes de terre dans le champ de ses parents. A cent trois ans, aujourd'hui c'est elle qu'on devrait pousser. *(Hochant la tête)* Cent trois ans… et toujours aussi fardée, comme ces vieilles poupées friables qu'on a peur de casser ! *(Il répète machinalement en donnant un dernier coup à la porte)* Vous êtes journaliste ?

VARVARA IVANOVNA
(Embrassant d'un regard les photos aux murs)

Biographe.

CONSTANTIN VASSILIEVITCH
(Qui n'a pas écouté, considérant sa chaussure cirée, il marmonne)

Je cirerai l'autre après. *(Tout en rangeant ses gants dans son nécessaire à chaussures)* Elle va vous raconter son histoire de cosaque, elle la sert à tous les journalistes son histoire de cosaque, elle a le cerveau mangé aux mites.

VARVARA IVANOVNA
(Laconique, comme tout à l'heure)

Ah…

CONSTANTIN VASSILIEVITCH
(S'apprêtant à ranger son bazar)

Un cosaque qui soupirait après elle dans la soupente du Bolchoï – on trouve des intrépides partout ! – a perdu la vue au cours d'une chute. Cinquante ans après il refait une chute en allant voir Eugène Onéguine et recouvre la vue. De désespoir il se flanque une balle dans la tête. Il n'aurait pas supporté de se revoir d'un seul coup aussi décati. Moi je dis qu'il n'a pas supporté de la revoir, elle, cinquante ans après aussi momifiée ! Sacré choc... Sans compter qu'elle, elle est toujours de ce monde ! S'il voyait l'ampleur des dégâts aujourd'hui il en ferait un arrêt cardiaque ce qui lui éviterait l'usage des armes à feu ! *(Hochant à nouveau la tête)* Un cosaque, on n'a pas idée... ! *(Donnant un petit coup de brosse au cheval avant de le ranger)* C'était déjà la fille d'un général de cavalerie du tsar. Quel siècle et quel tsar, on se demande.

VARVARA IVANOVNA

La fille d'un général de cavalerie, danseuse...

CONSTANTIN VASSILIEVITCH

C'est moins rare qu'une fille de danseuse, général de cavalerie !

VARVARA IVANOVNA

(Considérant une photo contre le mur, plutôt sur le ton du biographe)

C'est vous là... c'est vous dans L'Histoire du Cheval de Tolstoï. Vous faisiez le cheval. *(Tandis que Constantin Vassilievitch range dans un coin son petit « cheval en bois-nécessaire à chaussures » pas loin d'un grand bouddha, elle reprend devant une autre photo)* Là aussi c'est vous, dans Les Frères Karamazov, au Théâtre des Arts ! Vous faisiez Smerdiakov, la brute cynique. Vous êtes Constantin Vassilievitch Romanov...

CONSTANTIN VASSILIEVITCH

(Bougonne)

Constantin Vassilievitch Romanov, « Artiste du Peuple soviétique ». On est tous « artistes du peuple soviétique » sauf la tireuse de cartes du Politbureau – C'est une maison réservée aux « artistes du peuple soviétique ». « People's Artist of USSR » pour la Russie actuelle. Sur le palier vous avez Anton Denissovitch Kouprine. On a tourné ensemble dans un film de Konchalovski sur Staline. C'est lui comme d'habitude qui jouait Staline. Voilà un homme qui a bâti toute sa carrière sur Staline grâce à sa moustache en forme de blaireau. Il a joué aussi Napoléon. Alors là, ça reste un mystère ! *(Comme tout à l'heure)* Vous êtes journaliste ?

VARVARA IVANOVNA

(Lapidaire, comme tout à l'heure)

Biographe. *(Comme Constantin Vassilievitch ne répond pas occupé plutôt à la regarder. Varvara, même ton, un peu comme s'il était sourd)* J'écris des biographies.

CONSTANTIN VASSILIEVITCH

Au fond, c'est logique.

VARVARA IVANOVNA

Des biographies d'auteurs russes...

CONSTANTIN VASSILIEVITCH

C'est logique aussi. *(Qui continue de la regarder)* De qui ?

VARVARA IVANOVNA

(Continuant de jeter un coup d'œil sur les photos autour d'elle) Lermontov...

CONSTANTIN VASSILIEVITCH

Le bouquin a dû être court, il est mort à vingt-sept ans dans un duel au Caucase.

VARVARA IVANOVNA

Gogol...

CONSTANTIN VASSILIEVITCH

Vous savez ce que Gogol a dit avant de rendre le dernier soupir : « Une échelle, vite une échelle... ! » Après Les

Ames mortes, même quand on en a brûlé la moitié, c'est un peu juste.

VARVARA IVANOVNA

Il était très affaibli…

CONSTANTIN VASSILIEVITCH

En général quand on passe l'arme à gauche…

VARVARA IVANOVNA

(Ne cherchant même pas à le contrer, passant vaguement en revue les photos et les affiches)

A la fin de sa vie il ne buvait que du lait comme Tourgueniev…

CONSTANTIN VASSILIEVITCH

Et Tourgueniev, vous savez ce qu'il a dit ? « Il existe trois catégories d'égoïstes : les égoïstes qui vivent et laissent vivre les autres, ceux qui vivent et ne laissent pas vivre les autres, enfin les égoïstes qui eux-mêmes ne vivent pas et empêchent les autres de vivre. Les femmes appartiennent généralement à cette dernière catégorie. » *(Tandis qu'elle ne pipe mot)* Dixit Tourgueniev… Pas moi, Tourgueniev. Ça peut vous être utile pour sa biographie ! *(Montrant une de ses photos)* Ça c'est moi, avec des petites lunettes à la Trotski, dans Crime et Châtiment. Le rôle du juge, le faux cul salopard. J'ai souvent joué des faux culs salopards… *(Il reprend au bout d'un court moment, voyant qu'elle s'intéresse plus aux photos qu'à lui)* On pourrait peut-être continuer la visite un autre jour… je vous signale que l'original est derrière vous… *(Tandis qu'elle consent à se retourner vers lui)* Vous n'avez pas des fourmis dans les jambes. Au cas où vous en auriez, on pourrait s'asseoir… *(Alors qu'elle hésite)* Asseyez-vous, ça ne vous coûtera pas un rouble de plus !… *(Il s'assied aussi)* Et, en somme vous travaillez… à Moscou ?

VARVARA IVANOVNA

Je travaille pour une maison d'édition occidentale. Je ne signe pas mes biographies, seulement je suis payée en dollars...

CONSTANTIN VASSILIEVITCH

(Au bout d'un moment, la jaugeant)

Vous êtes la génération « dollars » vous. Vous travaillez sur un machin là... un ordinateur ?

VARVARA IVANOVNA

Oui.

CONSTANTIN VASSILIEVITCH

(Lapidaire)

C'est la génération « ordinateur ».

VARVARA IVANOVNA

Je prépare une biographie sur Tchekhov. Je venais voir Arkadina Sokolova. Elle a connu Olga Knipper, et joué La Mouette dans une version ballet.

CONSTANTIN VASSILIEVITCH

Une vieille mouette alors ! Vous me direz Arkadina Sokolova a dû être jeune, un jour, comme tout le monde, il n'y a pas de raison ! A ma sortie du conservatoire dans La Mouette moi j'ai joué Treplev. Vingt ans après j'ai joué Trigorine. Pour finir j'ai joué Sorine le vieux. *(Il donne une réplique de Sorine)* « Moi mon vieux, la campagne, ça ne me va pas, et bien entendu, je ne m'habituerai jamais ici. Hier, je me suis couché à dix heures et ce matin je me suis réveillé à neuf, avec l'impression que d'avoir tant dormi j'avais le cerveau collé au crâne, et ainsi de suite... » *(Il reprend)* Quand on y réfléchit, toute la réplique tient dans ce « ainsi de suite »... *(Comme elle ne répond pas, songeur ou perplexe)* Oui... ! Evidemment je n'ai pas joué dans une version ballet… mais j'ai quand même un détail intéressant. Figurez-vous qu'un jour on tournait Oncle Vania dans les environs de Moscou, je me promenais avec Meyerhold…

VARVARA IVANOVNA

(Saisie)

Meyerhold, le metteur en scène ?

CONSTANTIN VASSILIEVITCH

(Bougonne en haussant les épaules)

Le metteur en scène !… Meyerhold, le chien d'Anton Kouprine mon voisin ! Kouprine aussi a horreur de la campagne ! C'est moi entre deux prises qui promenait son chien. Un bonhomme rouquin avec un petit bouc de régisseur à la Rozanov, le nihiliste Rozanov, me tombe dessus : « Constantin Vassilievitch, qu'est-ce que vous faites par ici ? Je vous reconnais, j'ai vu tous vos films. » *(il répète)* il avait vu tous mes films ! Il ramasse son pot de racines – il ramassait des racines d'arbre pour les lumbagos, vous savez ces machins laiteux révulsifs qui vous décapent jusqu'à la moelle des os – on fait quelques pas jusqu'à une datcha avec une véranda et des volets vermoulus. Il prend deux terres cuites sur le parquet branlant et me les donne comme il m'aurait donné une bouteille de vodka « Tenez… ! C'est pour vous, Constantin Vassilievitch… Tchekhov a marché dessus. » On était dans la datcha de Tchekhov. Ce type avec son petit bouc de régisseur et son pot de racines en était le conservateur. Quelle coïncidence tout de même… là, dans les environs de Moscou, où on tournait Oncle Vania. La datcha de Tchekhov.

VARVARA IVANOVNA

La datcha de Tchekhov…

CONSTANTIN VASSILIEVITCH

(Prenant les terres cuites sur un bahut dans son dos.)

Tourner Oncle Vania, et tomber, dans ce trou où je promenais le chien d'Anton Kouprine, sur la datcha de Tchekhov... c'est comme vous... préparer une biographie sur Tchekhov, se tromper de porte, et tomber sur deux terres cuites de son plancher, là, à l'étage au-dessus, chez moi... qui ai passé toute ma vie à jouer Oncle Vania... on peut appeler ça comme on veut... Quelle coïncidence tout de même... *(Tandis qu'ils considèrent tous les deux en silence les terres cuites, il marmonne)* Tchekhov a marché dessus... En cherchant bien on pourrait y trouver des poils de ses pantoufles, si tant est qu'il ait eu des pantoufles... Quand on y pense ça vous flanque un coup... *(Il reprend tout d'un coup)* Vous en voulez une...

VARVARA IVANOVNA

Non, non !

CONSTANTIN VASSILIEVITCH

Vous êtes sûre ?

VARVARA IVANOVNA

(Lui restituant avec précaution les terres cuites)

Non... non... Il faudra que j'en parle à Svletana Maximova.

CONSTANTIN VASSILIEVITCH

Svletana Maximova, qui c'est celle-là ?

VARVARA IVANOVNA

Elle fait des recherches pour moi à la bibliothèque Lénine. En réalité elle est guide. Mais avec sa carte d'ancienne survivante du blocus elle a accès à toutes les archives.

CONSTANTIN VASSILIEVITCH

Ancienne survivante du blocus, quel blocus ? Le blocus de Saint-Pétersbourg, ça tient encore ce machin-là ! Elle avait quel âge encore celle-là pendant la guerre ?

VARVARA IVANOVNA

J'en sais rien moi !

CONSTANTIN VASSILIEVITCH

Si ça se trouve je la connais, elle ressemble à quoi ?

VARVARA IVANOVNA

(Lapidaire)

A un petit taureau plus large que haut, avec un bonnet en laine plat et des cheveux jaunes décolorés. Le blocus a dû la marquer. Elle se lave un côté de la tête à la fois pour économiser le savon, elle se lave l'autre moitié la semaine d'après.

CONSTANTIN VASSILIEVITCH

(Vivement)

Vous ne me l'amenez pas par là hein ! J'en ai peur moi de ces bonnes femmes-là ! Elles sont pires que des kapos. C'est pas elle qui braille des numéros de loterie dans un porte-voix au bout de la Place Rouge, à l'angle de la rue Nikolskaïa ?

VARVARA IVANOVNA

Mais non elle est guide, au Kremlin et au Couvent des Vierges.

CONSTANTIN VASSILIEVITCH

(Marmonne dans sa barbe)

Au Couvent des Vierges, elle est bonne celle-là ! Le blocus de Saint-Pétersbourg, elle est bonne aussi celle-là !
(On entend à nouveau la musique tzigane, comme tout à l'heure)

VARVARA IVANOVNA

Qu'est-ce qu'on entend ?

CONSTANTIN VASSILIEVITCH

Rien… rien…

VARVARA IVANOVNA

(Tendant l'oreille)

Si dans le couloir… Il y a quelqu'un au bout… ?

CONSTANTIN VASSILIEVITCH

(De mauvaise foi)

Est-ce qu'on sait s'il y a quelqu'un au bout. Vous pouvez vous égosiller à tout bout de champ et chanter le final de Boris Godounov, quand il ne se décide jamais à nous débarrasser le tapis, allez savoir s'il y a quelqu'un au bout ! Le couloir en colimaçon n'en finit pas, comme les cornets acoustiques des vieux phonos. C'est un appartement de fonction à l'époque où j'étais Président de l'Union des Acteurs… *(Il bougonne)* J'étais aussi député. L'administration a oublié de me le retirer.

VARVARA IVANOVNA

(Tandis que la musique reprend)

Et eux-là !… Qui est-ce ?

CONSTANTIN VASSILIEVITCH

Mon ancien garde du corps et mon ancien chauffeur. L'administration les a oubliés aussi. A un moment donné ils ont dû faire du trafic de samovars anciens. *(Montrant le sien)* ils m'en ont offert un, avec tout un lot de petites théières en cuivre. Mais tout compte fait, ils sont restés là. Dans la journée ils me servent d'hommes à tout faire, le soir ils chantent habillés en tziganes ou en paysans ukrainiens au restaurant Volga en haut de la rue Gorki et à l'hôtel Russia. *(La musique se tait)*

VARVARA IVANOVNA

L'autre jour Svletana Maximova a accompagné des touristes à l'hôtel Russia. Elle est tombée sur un rat dans la chambre. Elle est redescendue s'en plaindre à la réception. On lui a répondu qu'on savait qu'il y avait des rats, mais on ne savait pas qu'ils grimpaient jusqu'au quatrième.

CONSTANTIN VASSILIEVITCH

J'ai tourné une scène d'espionnage à l'hôtel Russia, il n'y avait pas de rat ! Ces bonnes femmes-là, ça ne rate jamais une occasion de vous prendre la tête et de vous la gonfler en faisant du baroufe ! *(La musique reprend. A la cantonade, comme tout à l'heure :)* Piotr Petrovitch... la ferme ! *(La musique hésite encore deux secondes)* Fedor Sergueievitch... la ferme ! *(La musique se tait, mais c'est plutôt par un concours de circonstances)*

VARVARA IVANOVNA

(Se levant à demi)

Il faut que je descende chez Arkadina Sokolova.

CONSTANTIN VASSILIEVITCH

(L'en empêchant quasiment)

Maintenant ?... C'est trop tard. Il fallait y aller avant. A cinq heures elle s'endort comme les tortues d'Afrique. Attendez un moment. Quand elle a fini d'hiberner elle se réveille pour le journal télévisé, au cas où elle passerait dans une rediffusion... *(Pour lui-même)* c'est cabot les vieux... *(Il se lève et va jusqu'à la fenêtre)* Il neige, vous avez vu comme il neige... D'habitude à cette heure-ci, je mets mes « rangers ». *(Devant son air un peu surpris)* Des « rangers » ça vous en bouche un coin, hein, et je vais chercher des harengs rue Nikolskaïa. Ensuite je vais chercher du pain au cumin rue Kropotkine, Ça fait une sacrée trotte !

VARVARA IVANOVNA

Personne ne vous oblige à aller jusque là-bas ?

CONSTANTIN VASSILIEVITCH

J'aime bien la rue Kropotkine. Et puis c'est la seule boulangerie de Moscou où les gens vous racontent encore leur vie en faisant la queue, comme dans le transsibérien, sauf que dans le transsibérien on en a pour huit jours ; toute la Sonate à Kreutzer de Tolstoï se passe dans un train comme le transsibérien. J'y vais aussi pour le pain au cumin. C'est la seule boulangerie de Moscou qui fait du pain chaud au cumin.

VARVARA IVANOVNA

Le temps de revenir de la rue Kropotkine il est froid.

CONSTANTIN VASSILIEVITCH

Oui, mais je l'ai eu chaud.

VARVARA IVANOVNA

(Délibérément sans humour, avec une espèce de logique implacable)

Ça sert à quoi puisqu'au bout du compte il est froid ?

CONSTANTIN VASSILIEVITCH

A quoi ça sert aussi que le pain soit au cumin, puisque le cumin c'est jamais que des grains qui tombent quand on coupe le pain ! Vous êtes une nihiliste comme Rozanov vous, hein ! *(Tandis qu'elle ne pipe mot)* Vous voulez attendre qu'elle se réveille... Arkadina Sokolova !... Une tasse de thé en attendant ? C'est l'heure où je prendrais le thé si je n'étais pas allé rue Kropotkine. *(Remplissant les tasses sous le samovar)* C'est du thé russe. *(Cherchant du regard une bouteille)* Un verre de vin géorgien ?

VARVARA IVANOVNA

Du vin géorgien, avec le thé ?

CONSTANTIN VASSILIEVITCH

(Il met le gâteau sur la table)

Un morceau de gâteau Lénine alors ? C'est mon garde du corps qui l'a fait.

VARVARA IVANOVNA

Du gâteau Lénine... *(Elle en prend un bout qu'elle considère avec une certaine circonspection)* Pourquoi Lénine...

CONSTANTIN VASSILIEVITCH

J'en sais rien moi... C'est un gâteau de famille... parce qu'il est dur comme du bois, un peu étouffe-bougre en somme, et qu'il se garde longtemps... à tout hasard... c'est une hypothèse. Vous voulez des blinis au caviar ?

VARVARA IVANOVNA

(Un peu déconcertée)

Des blinis au caviar...

CONSTANTIN VASSILIEVITCH

(Il appelle)

Fedor Sergueievitch ! *(N'obtenant pas de réponse, il se lève, ouvre la porte. A la cantonade :)* Fedor Sergueievitch, préparez-nous des blinis au caviar... !

VARVARA IVANOVNA

S'il doit faire les blinis lui-même, ça va prendre un moment. La pâte doit lever...

CONSTANTIN VASSILIEVITCH

(A la cantonade)

Fedor Sergueievitch si vous faites les blinis vous-même, prenez votre temps la pâte doit lever ! *(A elle)* Quand il entrera avec les blinis, ne faites pas attention. Fedor Sergueievitch est un cousin de Ruskoï. Au moment du putsch contre Gorbatchev il a reçu un choc devant le Parlement enfumé. Depuis il est victime de ce que l'on nomme en termes médicaux une « amnésie massive partielle ». Déjà qu'il est d'origine tatare. C'est buté vous savez, les Tatars.

VARVARA IVANOVNA

Une « amnésie massive partielle... »

CONSTANTIN VASSILIEVITCH

Fedor Sergueievitch n'a pas perdu la boule, non... il se souvient qu'il a été garde du corps, il se souvient aussi du putsch, mais il oublie tout ce qui est à sa gauche. Dans la rue il tourne seulement à droite comme un automate. Quand il croit qu'on l'attaque c'est seulement sur sa droite, parce qu'il a oublié qu'il avait une gauche. En s'habillant, idem. En enfilant sa tcherkess, vous savez ces grandes vestes noires de cocher, Il met la manche droite de sa veste normalement, et si l'on n'y prend pas garde, enfile sa tête dans la manche gauche parce qu'il a oublié qu'il a un bras gauche.

VARVARA IVANOVNA

C'est possible ça...

CONSTANTIN VASSILIEVITCH

Son cerveau n'enregistre pas ce qui est à sa gauche, pour un ancien militant du parti c'est embêtant ! Pour un ancien garde du corps aussi, vous me direz. Même à table, il ne mange que la moitié droite de son repas. Au bout d'un moment on doit lui tourner son assiette, pour qu'il mange la moitié gauche. En voyant ce qui lui reste il dit tout le temps « J'ai encore tout ça à manger ? »

VARVARA IVANOVNA

Ça ne l'empêche pas de chanter ?

CONSTANTIN VASSILIEVITCH

Pourquoi ça l'empêcherait de chanter ? *(De nouveau à la cantonade, en ouvrant la porte)* Fedor Sergueievitch, faites-vous donner un coup de main par Piotr Petrovitch pour les blinis !

VARVARA IVANOVNA

(Vaguement dubitative)

Et... comment vous vous en êtes aperçu ?

CONSTANTIN VASSILIEVITCH

Un matin il est entré dans la cuisine avec un seul côté du menton rasé, tenez comme votre Svletana Maximova avec sa moitié de cheveux lavés. Depuis c'est mon chauffeur Piotr Petrovitch qui lui rase l'autre côté. Piotr Petrovitch était mon bras droit. Il est devenu le bras gauche de Fedor Sergueievitch. *(Devant son air un peu abasourdi)* Il s'en passe des choses bizarres dans la vie, vous savez. Cette nuit j'ai rêvé que mon front se détachait du cerveau et se liquéfiait lentement dans mon nez qui devenait énorme. Je me suis réveillé en nage ! Au fond, la normalité ça tient à peu de chose. On n'y pense jamais assez à ça. Tenez, est-ce que vous vous êtes déjà demandé pourquoi les hippopotames n'ont pas de cornes sur leur carapace comme les rhinocéros ? La nature c'est quelque chose, on n'y pense jamais assez non plus à la nature ! Un peu de feuilleté caucasien ? *(Il se retourne, pour prendre le feuilleté caucasien, tombe sur la basilique Saint-Basile)*

VARVARA IVANOVNA

Qu'est-ce que c'est ?

CONSTANTIN VASSILIEVITCH

La basilique Saint-Basile… en sucre. *(S'apprêtant à en casser un bout)* Vous en voulez une coupole !

VARVARA IVANOVNA

Mais non, laissez-la entière…

CONSTANTIN VASSILIEVITCH

Vous ne seriez pas une intégriste, vous par hasard ! *(Reposant la basilique et cherchant le feuilleté caucasien)* Voyons, le feuilleté caucasien… *(Il se lève. Cherchant en allant et venant)* Qu'est-ce que j'en ai fichu ? *(Jetant un coup d'œil par la fenêtre en passant, il répète)* Il neige, vous avez vu comme il neige ! On ne voit plus le théâtre Vartangov. *(Allant et venant sans le trouver)* C'est curieux devant vous tout d'un coup j'ai l'impression de brasser de l'air. Quand je suis seul je ne m'aperçois pas de ma présence. Je ne tiens pas de place. En quelque sorte, je ne m'encombre pas.

VARVARA IVANOVNA

Asseyez-vous.

CONSTANTIN VASSILIEVITCH

C'est une solution. Encore une tasse de thé ? *(Buvant son thé avec elle, il répète comme précédemment)* C'est du thé russe.

VARVARA IVANOVNA

Qu'est-ce que ça pourrait être d'autre…

CONSTANTIN VASSILIEVITCH

De nos jours vous savez… *(Il croise les jambes. Voyant qu'elle considère ses chaussures)* Je les ai achetées dans la Cité blanche. C'est dans la Cité blanche qu'on trouve les plus belles chaussures. J'en ai ciré une seule, vous m'avez interrompu en sonnant. Je cirerai l'autre après. Konchalovski aussi a des chaussures italiennes. *(Montrant sa semelle)* Mais moi je cire la semelle. Tout le chic est dans la semelle cirée !

VARVARA IVANOVNA

Surtout avec la boue ici, à Moscou.

CONSTANTIN VASSILIEVITCH

(Grommelle)

Oui… à Moscou il y a de la boue… On ne peut pas dire qu'à Moscou il n'y ait pas de boue. Surtout devant l'hôtel Moskva. En face, devant le parlement où se réunissent les anciens communistes, la chaussée est défoncée, c'est toujours plein de boue aussi. Les portraits de Staline trempent dedans ! Vous me direz on peut l'interpréter comme une sorte de justification à l'Histoire. Oui… à Moscou il y a de la boue. Ceux qui prétendraient qu'à Moscou il n'y a pas de boue, auraient un sens aigu de la falsification ! Du reste Moscou vient du vieux mot slavon « humide » en somme « la mouillée ». *(Tandis qu'elle se tait)* Autrement dit la « boueuse ». La boue ça vient bien du mouillé ?

VARVARA IVANOVNA

Je ne connais pas le slavon…

CONSTANTIN VASSILIEVITCH

Moi non plus, notez… *(Tandis qu'elle se tait, en jetant à nouveau un coup d'œil machinal sur les portraits et les affiches contre le mur)* oui… certaines conversations ressemblent à des brouillons. On devrait supprimer les ratures, et recopier la conversation au propre ! Il n'y a que dans les pièces de Tchekhov que les chefs de gare récitent des vers d'Alexis Tolstoï. Vous avez déjà vu, en dehors de Tchekhov, des chefs de gare réciter des vers d'Alexis Tolstoï ? Vous n'avez pas vu de chefs de gare du tout, vous ! *(Comme tout à l'heure pour la génération ordinateur)*

C'est une génération sans chef de gare… ! C'est la génération Lebed…

VARVARA IVANOVNA

Qui ?

CONSTANTIN VASSILIEVITCH

Lebed. Celui qui s'est présenté contre Boris Eltsine. Le général là, avec sa voix d'outre-tombe et sa gueule vérolée à faire trembler l'Armée rouge et à mater les Tchètchènes. Toutes les femmes votent pour Lebed.

VARVARA IVANOVNA

Pas moi.

CONSTANTIN VASSILIEVITCH

Pour qui vous votez vous ?

VARVARA IVANOVNA

Je ne vote pas.

CONSTANTIN VASSILIEVITCH

(La jauge à nouveau d'un air de dire « Qu'est-ce que c'est que ce spécimen ». Légèrement désarçonné)

Encore un… morceau de gâteau Lénine ?

VARVARA IVANOVNA

(Se servant pour dire d'en reprendre un bout)

Ça ne vous gêne pas qu'il s'appelle Lénine ? *(Elle veut couper le morceau en deux et en met partout)*

CONSTANTIN VASSILIEVITCH

(Prenant une petite pelle et une petite balayette)

Ce qui me gêne, ce sont vos cochonneries.

VARVARA IVANOVNA

Pardon...

CONSTANTIN VASSILIEVITCH

(En ramassant les miettes autour de son assiette)

J'ai horreur qu'on me fasse des miettes...

VARVARA IVANOVNA

(Elle relève les jambes, tandis qu'il ramasse les miettes sous ses pieds cette fois)

Pardon...

CONSTANTIN VASSILIEVITCH

(Comme précédemment en balayant sous ses pieds)

J'ai horreur des miettes... Heureusement ça donne à manger aux oiseaux... *(Il se relève. Tenant sa balayette sans songer à la poser)* Evidemment... en y réfléchissant bien, on ne peut pas dire que Lénine ait une tête à donner son nom à un gâteau...! Petit corps, Petits yeux, petites lèvres pincées, petit crâne en forme d'œuf, petite barbe, petit roquet pète-sec, on aurait dû se méfier. On commence par péter sec, et puis on fait raser des milliers de fermes et abattre des centaines de milliers de chevaux au nom du collectivisme. Aujourd'hui quand je traverse la Place Rouge en direction du musée d'Histoire, pour aller chercher des harengs rue Nikolskaïa, j'ai l'impression de marcher vers l'erreur historique. Quand je traverse la Place Rouge en sens inverse vers la Basilique Saint-Basile, j'ai l'impression d'être tout bonnement un russe qui revient d'acheter ses harengs ou son caviar rue Gorki un sachet plastique à la main, au cas où il trouverait en route un saucisson fait avec de la graisse rance et de la sciure, et un chou. Encore qu'aujourd'hui plus personne ne veut bouffer leur saucisson noirâtre ou du chou, sauf la vieille en dessous. Chaque fois qu'elle me voit dans un vieux film, elle m'envoie ses pirojkis au chou huileux. J'aime pas la nourriture des vieux. C'est toujours douteux la nourriture des vieux !

VARVARA IVANOVNA

C'est quand même gentil de sa part.

CONSTANTIN VASSILIEVITCH

(Bougonne tandis qu'il ouvre la fenêtre, et y balance les miettes pour les oiseaux)

La gentillesse je m'en méfie !

VARVARA IVANOVNA

Ça dépend. L'autre jour je me suis arrêtée dans un parc, derrière la galerie Tretiakov. Un homme goûtait tout seul sur un banc devant une grande maison jaune du XVIIIe siècle. Il a jeté ses papiers gras dans une poubelle, et s'est approché de moi en souriant pour m'offrir une banane.

CONSTANTIN VASSILIEVITCH

C'est rare qu'un russe jette ses papiers gras dans une poubelle. C'est encore plus rare qu'il s'approche de vous en souriant pour vous offrir une banane, une vieille pomme passe encore, mais une banane à dix-sept mille roubles le kilo, même dans un parc derrière la galerie Tretiakov devant une grande maison jaune du XVIIIe siècle.

VARVARA IVANOVNA

En voyant une infirmière lui enfoncer un bonnet sur la tête, j'ai réalisé, au bout d'un moment, que j'étais assise dans le parc d'un asile de fous.

CONSTANTIN VASSILIEVITCH

Qu'est-ce que je vous disais !... Il n'y a qu'aux fous qu'on donne une banane à dix-sept mille roubles le kilo, et il faut être doublement fou à notre époque pour aller l'offrir à quelqu'un d'autre, en souriant avec gentillesse par-dessus le marché ! Du reste on confond souvent la gentillesse avec le sans-gêne, ou la vertu avec la faiblesse. La plupart des hommes d'un âge certain par exemple, regardent une femme sans arrière-pensée, non pas par vertu ou paternalisme, mais parce qu'ils n'ont plus la capacité physique de lui sauter dessus. *(Bougonnant pour lui-même)* Les autres bandent comme tout le monde...

VARVARA IVANOVNA
(Sans bien saisir)

Comment ?

CONSTANTIN VASSILIEVITCH
(Tenant toujours sa balayette, et regardant la neige tomber, avant de refermer la fenêtre)

Rien... Rien... Il neige... vous avez vu comme il neige ! *(Bougonnant à nouveau pour lui-même)* La neige en somme, c'est la capote anglaise d'une ville...

VARVARA IVANOVNA

La quoi ?

CONSTANTIN VASSILIEVITCH
(Posant sa pelle et sa balayette dans un coin)

Rien... rien... *(Revenant s'asseoir)* Au fond vous êtes une intellectuelle vous ! *(Prenant une bouteille derrière lui)* Un peu de vodka Raspoutine. J'ai aussi de la vodka Jarinovski... un accident... on me l'a offerte. Un nationaliste.

VARVARA IVANOVNA

De la vodka... à cinq heures de l'après-midi ?

CONSTANTIN VASSILIEVITCH

Ça se boit à quelle heure ?

VARVARA IVANOVNA

Je ne sais pas moi. Le soir.

CONSTANTIN VASSILIEVITCH

(La fixant tout d'un coup)

Eh bien revenez un soir... *(Un silence un peu trouble s'installe)*

VARVARA IVANOVNA

(Désarçonnée, montrant un tableau contre le mur pour faire diversion)

Qu'est-ce que c'est ?

CONSTANTIN VASSILIEVITCH

Un tableau.

VARVARA IVANOVNA

De qui ?

CONSTANTIN VASSILIEVITCH

De moi.

VARVARA IVANOVNA

Ça représente quoi ?

CONSTANTIN VASSILIEVITCH

Une allée de bouleaux qui conduit à une propriété.

VARVARA IVANOVNA

(Regardant le tableau sur lequel on ne voit que l'allée de bouleaux)

Où est-elle la propriété ?

CONSTANTIN VASSILIEVITCH

Sur un deuxième tableau. Je n'avais pas assez de place pour la peindre sur celui-ci. C'est la propriété dont parle Gontcharov dans Quelques jours de la vie d'Oblomov.

VARVARA IVANOVNA
(vague)

Ah…

CONSTANTIN VASSILIEVITCH

J'ai tourné l'adaptation du roman à la télévision. Douze heures de film. Je jouais le père d'Oblomov qui chasse son fils de la propriété en lui bottant le train.

VARVARA IVANOVNA

Avec tous les films que vous avez tournés, on ne vous reconnaît pas dans la rue quand vous allez chercher vos harengs ?

CONSTANTIN VASSILIEVITCH

Naturellement qu'on me reconnaît, surtout les femmes. C'est pire que des sangsues les femmes, vous savez. Elles s'accrochent à vous pour avoir un autographe et vous dévisagent des pieds à la tête comme si vous étiez Constantin Romanov en moins bien. Quand je me regarde dans la glace, c'est vrai que je me ressemble en moins bien qu'au cinéma.

VARVARA IVANOVNA

Je vous trouve mieux qu'au cinéma moi !

CONSTANTIN VASSILIEVITCH
(Pour lui-même)

Une originale… ! *(Indiquant la bouteille de vodka)* Une lichette.

VARVARA IVANOVNA

Un tout petit peu… je ne bois pas… *(Il lui en sert un verre plein, et se sert à ras bord)*

CONSTANTIN VASSILIEVITCH
(Levant son verre)

Eh bien… heu… na zdarovie…

VARVARA IVANOVNA
(Levant son verre)

Na zdarovie… *(Elle en boit une goutte, puis une deuxième, finalement en boit une rasade comme lui. En le fixant soudain, et en indiquant son propre front)* Qu'est-ce que vous avez, là… en haut du front ?

CONSTANTIN VASSILIEVITCH

Une cicatrice.

VARVARA IVANOVNA

A cause de quoi !

CONSTANTIN VASSILIEVITCH

D'un coup de matraque, au cours d'une manœuvre en Sibérie. J'ai devancé mon service dans l'Armée rouge. Je pensais y rester huit mois, j'y suis resté huit ans. J'en suis sorti lieutenant-colonel. A cause de ma gueule, sans ça je n'en serais jamais sorti lieutenant-colonel. C'est comme au théâtre, du moment qu'on a la gueule de l'emploi.

VARVARA IVANOVNA
(Légèrement secouée par la vodka)

Armée rouge… lieutenant colonel… artiste du peuple… député… président du soious machin, vous avez un de ces press book ! *(Elle rit)* Vous auriez dû tourner à la place de Sean Connery dans « La Maison Russie… » Vous avez vu Sean Connery dans « La Maison Russie » *(Un peu plus secouée par la vodka, et s'empêtrant dans une histoire dont elle seule saisit les tenants et les aboutissants)* …l'histoire d'un espion américain, un éditeur en réalité… que les services secrets anglais et américains obligent à devenir espion à cause du manuscrit que lui envoie par l'intermédiaire de son ex petit amie, un scientifique russe hostile à la guerre nucléaire... Le manuscrit comportant des secrets-défense est intercepté par les services occidentaux, et l'éditeur passe du côté russe tout en continuant à fournir comme agent double aux russes et aux américains des renseignements nucléaires... pour sortir de Russie l'ancienne petite amie du scientifique dont il tombe amoureux... le scientifique lui meurt d'une hépatite que les services secrets russes lui ont inoculée à cause de la liste des courses, c'est comme ça qu'on appelait les renseignements, qu'il a fournie, mais la liste des courses était fausse... *(Réfléchissant)* pourquoi elle est fausse déjà... et tout le monde, Russes, Anglais et Américains l'ont dans le baba, sauf Sean Connery qui réussit à sortir la fille de Russie pour l'emmener à Lisbonne... *(Elle rit, encore un peu secouée)*

CONSTANTIN VASSILIEVITCH

(Au bout d'un moment, pour lui-même)

Qu'est-ce que c'est que cette bonne femme ! Elle est complètement à la masse...

VARVARA IVANOVNA

(Toujours un peu secouée par la vodka, posant son verre d'un geste un peu trop brusque, mais ça reste très discret)

Au fond je pourrais écrire votre biographie.

CONSTANTIN VASSILIEVITCH

(Sursautant, et s'étranglant légèrement avant de reposer son verre)

Ah non... non merci. J'ai déjà du mal à lire mon âge dans mon passeport, j'ai l'impression de lire le passeport d'un autre...!

VARVARA IVANOVNA

(Dégrisée)

Vous n'avez jamais pensé à votre postérité ?

CONSTANTIN VASSILIEVITCH

Non… non, non ! La dernière fois que j'ai mis les pieds au cimetière russe, c'était pour l'enterrement de Kroutchtchev ; je ne suis même pas allé sur la tombe de Maïakovski en face, parce que les cimetières on y entre plus vite qu'on en sort, alors la postérité ! Un honnête homme ne saute à la gorge d'un autre qu'en cas de nécessité urgente. Eh bien pour la postérité, c'est la même chose. Un honnête homme ne pense à sa postérité qu'en cas de nécessité urgente. Quand il a un pied dans la tombe, ou s'il sent in extremis qu'on va écrire des conneries sur lui, et encore. *(Il se reverse une lichette de vodka, mi-figue mi-raisin)* Ecoutez, tous les jeudis à cette heure-ci je vais chercher mes harengs rue Nikolskaïa, avec ma chapka sur la tête pour qu'on me foute la paix ! J'ai joué soixante-sept pièces et tourné cent cinquante-deux films. Je vous fais grâce des films à rallonge à la télévision, la vie de Dostoievski, de Répine, et tout le bazar… Qu'est-ce que je peux laisser de plus ? Je suis né après une représentation des Bas-Fonds au théâtre Griboiédov où mes parents étaient acteurs. On n'a pas eu le temps de transporter ma mère à l'hôpital. Trois jours après elle reprenait son rôle, pendant que je dormais dans une malle à costumes. La plupart de mes repas je les ai pris dans le trou du souffleur où il y avait un vieux réchaud à alcool, et je suis devenu acteur en remplaçant un accessoiriste dyslexique qui faisait une figuration. Pour rendre service, par inadvertance en quelque sorte. Et puis quoi ?

VARVARA IVANOVNA

Ben rien…

CONSTANTIN VASSILIEVITCH

Bon ! *(Voyant qu'elle reboit une lichette de vodka)* D'abord molo avec la vodka hein ?

VARVARA IVANOVNA

Vous ne seriez pas un peu misogyne ?

CONSTANTIN VASSILIEVITCH

Non, pas forcément !... *(Il reboit à son tour une lichette de vodka)* A propos, en sortant, faites attention à la marche d'escalier, elle est usée. Je ne dis pas ça parce que j'ai hâte que vous partiez... au contraire... enfin... je... non... pas du tout... seulement la marche d'escalier est usée. Elle pique du nez, je ne voudrais pas qu'il vous arrive malheur chez moi. Selon les statistiques, les accidents arrivent toujours quand on ne s'y attend pas. Vous me direz, si on s'y attendait, on ne serait plus dans le domaine des accidents mais des prévisions. *(Regardant vers la porte)* Qu'est-ce que Fedor Sergueievitch fabrique avec ses blinis ?... Ne bougez pas je reviens... *(Indiquant son front)* Je vais lui demander si c'est écrit « Attente au guichet » !

VARVARA IVANOVNA

Si quoi ?

CONSTANTIN VASSILIEVITCH

Non, rien... Ne bougez pas... je reviens... *(Il disparaît)*

VARVARA IVANOVNA

(Jette une fois de plus un coup d'œil sur les photos et les affiches contre le mur. Tandis que Constantin Vassilievitch revient avec un plateau et lance « Voilà les blinis ! » elle déchiffre simultanément à haute voix une citation contre le mur) « La discipline, tas d'abrutis, il la faut parce que sans elle, vous grimperiez aux arbres comme des singes, mais le service militaire fait de vous, bande d'andouilles... » *(Se retournant vers lui)* C'est un extrait du règlement de l'Armée Rouge ?

CONSTANTIN VASSILIEVITCH

(Bougonne, son plateau à la main)

Un extrait du règlement de l'Armée Rouge ! C'est un extrait de Brecht. Le Brave Soldat Schweik. *(Jouant, son plateau à la main)* « La discipline, tas d'abrutis, il la faut parce que sans elle, vous grimperiez aux arbres comme des singes, mais le service militaire fait de vous, bandes d'andouilles, des membres de la société humaine... »

VARVARA IVANOVNA

Pourquoi vous avez accroché ça au mur ?

CONSTANTIN VASSILIEVITCH

Pour m'en souvenir. *(Il répète)* Voilà les blinis... On s'est croisés dans le couloir.

VARVARA IVANOVNA

La pâte n'a pas dû lever longtemps...

CONSTANTIN VASSILIEVITCH

(Tranquille)

Non, mais elle a levé. La preuve : une pâte qui n'a pas levé colle à la poêle, et ça fait des blinis pleins de trous. *(Lui mettant son plateau sous le nez)* Vous en voyez des trous ?

VARVARA IVANOVNA

(Regardant les blinis)

Non...

CONSTANTIN VASSILIEVITCH

Bon... Prenez vos aises... asseyez-vous... Faites comme chez vous... Servez-vous... *(Voyant qu'elle hésite, il la sert lui-même, et du coup lui ressert un peu de vodka, il lève son verre et reprend comme tout à l'heure)* na zdarovie... *(Posant son verre, ils mangent un instant)* D'habitude les blinis, je les mange au

Truffaldino, le petit restaurant à l'étage en face du théâtre Vartangov.

VARVARA IVANOVNA

(Qui ne boit probablement presque jamais, à nouveau légèrement échauffée par la vodka)

Vos harengs vous les achetez rue Nikolskaïa, le caviar au magasin d'Etat rue Gorki, le pain au cumin vous allez le chercher au pas de charge avec vos « rangers » rue Kropotkine, les blinis vous les mangez au Truffaldino... *(De mauvaise foi elle aussi, parce qu'en réalité, en dépit de sa vitalité, il est plutôt tranquille)* votre vie est réglée comme une fanfare ! Même si l'extrait contre le mur est de Brecht, l'Armée rouge ça laisse des traces... Le défilé du Ier mai avec les tanks, vous ne l'avez jamais fait par hasard !

CONSTANTIN VASSILIEVITCH

(Placide)

Qu'est-ce qu'elle raconte ! *(Tout en mangeant, répète)* Qu'est-ce qu'elle raconte !... *(Tandis qu'elle a à peine commencé à manger)* Encore un peu de caviar ? *(Il la sert une deuxième fois, sans qu'elle ait eu le temps de répondre.)*

VARVARA IVANOVNA

(Faisant attention de ne pas faire de bévue comme tout à l'heure avec le gâteau, néanmoins elle laisse tomber un grain de caviar à côté de son assiette et le recueille délicatement du bout du doigt)

Vous êtes content de votre carrière ?

CONSTANTIN VASSILIEVITCH

Je n'en sais rien, je n'en ai pas eu d'autre. *(Il marmonne)* Pourquoi est-ce qu'ils me flanquent du sarrasin dans les blinis ! Au Truffaldino ils mettent de la bière à la place du sarrasin... *(Au bout d'un court moment,)* Je ne sais plus dans quelle pièce j'ai joué un logicien. Je disais en parodiant le fameux syllogisme *(Donnant sa réplique)* « Tous les chats sont mortels, Socrate est mortel, donc Socrate est un chat. » *(Voyant qu'elle ne réagit pas)* Evidemment il faut connaître le syllogisme de base.

VARVARA IVANOVNA

(Visiblement le petit moment d'euphorie de tout à l'heure est passé)

Je le connais. « Tous les hommes sont mortels, Socrate est un homme, donc Socrate est mortel. »

CONSTANTIN VASSILIEVITCH

(La dévisageant)

Ce n'est pas l'humour qui vous étouffe vous hein ? *(Tandis qu'elle ne pipe mot)*... Pourtant un acteur intelligent tombe toujours sur un spectateur intelligent. Enfin théoriquement... *(Voyant qu'elle ne réagit pas)* Et Galilée, vous savez ce qu'a dit Galilée, juste après qu'on l'ait forcé à renier sa découverte « Et pourtant elle tourne. » Il parlait de la terre bien entendu.

VARVARA IVANOVNA

Vous vous êtes acheté le dictionnaire des citations ou quoi !

CONSTANTIN VASSILIEVITCH

(Hausse les épaules)

Le dictionnaire des citations... ! Tenez l'autre jour sur l'Arbat un bougre édenté avec un vieux cabas m'a proposé les œuvres complètes de Tolstoï en vingt-quatre volumes pour douze dollars. Je ne les avais même pas ! C'est dire à quoi on réduit un auteur : à vingt-quatre volumes écornés, piqués dans une bibliothèque et revendus sous le manteau dans un vieux cabas pour douze dollars qu'on n'a même pas.

VARVARA IVANOVNA

Tous les auteurs dont j'ai fait la biographie sont morts.

CONSTANTIN VASSILIEVITCH

(Pour lui-même)

Non mais quel rapport ! *(Il reboit une lichette de vodka)* Notez bien, mourir ce n'est pas nouveau, ça s'est déjà fait. *(Pensant visiblement à lui-même)* Seulement le repos éternel à quoi ça sert quand on n'a pas envie de se reposer… Et puis l'embêtant quand on est mort, c'est qu'on n'entend pas son éloge funèbre…

VARVARA IVANOVNA

Vous l'entendrez de là-haut.

CONSTANTIN VASSILIEVITCH

Vous êtes une nihiliste comme Rozanov, mais avec des moments d'optimisme vous hein ? *(Tout d'un coup il la fixe à l'improviste comme précédemment, au début de la pièce.)*

VARVARA IVANOVNA

(Regarde si elle a fait des miettes autour de son assiette. Elle en trouve une microscopique, et la chasse mine de rien. Au bout d'un moment, un peu déroutée)

Qu'est-ce que j'ai ?

CONSTANTIN VASSILIEVITCH

Rien…

VARVARA IVANOVNA

Vous êtes sûr…

CONSTANTIN VASSILIEVITCH

Non… rien… rien… je… *(La fixant à nouveau)* vous êtes charmante… Enfin je veux dire… vous avez un père ? Quel âge a-t-il ? Si ça se trouve il est plus jeune que moi.

VARVARA IVANOVNA

J'en ai pas.

CONSTANTIN VASSILIEVITCH

Ça résout le problème... *(Il reprend au bout d'un court moment)* C'est congénital...... je veux dire... vous n'en avez jamais eu ?

VARVARA IVANOVNA

Non...

CONSTANTIN VASSILIEVITCH

(Sans rien de railleur bien entendu)

Ah... *(Continuant de manger)* Fedor Sergueievitch a oublié la crème... elle devait être rangée à gauche dans le placard. Piotr Petrovitch aurait pu y penser à sa place. Vous voulez de la crème... ? Ça vous remplumerait un peu !

VARVARA IVANOVNA

Non... non... merci...

CONSTANTIN VASSILIEVITCH

(Pour lui-même)

Ça a trois plumes, et ça picore comme un oiseau ! *(Elle le regarde à son tour. Tout en mangeant, il se laisse observer sans broncher. Au bout d'un moment, il laisse tomber :)* L'examen est concluant ? S'il y a quelque chose à revoir, dites-le moi.

VARVARA IVANOVNA

Elle est bien votre veste...

CONSTANTIN VASSILIEVITCH

Elle vous plaît ? C'est au moins ça...

VARVARA IVANOVNA

Seulement vous perdez un bouton.

CONSTANTIN VASSILIEVITCH

(Considérant son bouton)

Les femmes, ça a toujours le chic pour vous trouver un défaut…

VARVARA IVANOVNA

Vous voulez que je vous le recouse ?

CONSTANTIN VASSILIEVITCH

(Refusant plutôt mollement)

Non… non… ne vous donnez pas cette peine. C'est mon chauffeur Piotr Petrovitch qui recoud mes boutons… Enfin… bon… il recoud les boutons comme un ancien chauffeur quoi !

VARVARA IVANOVNA

Faites attention, vous allez le perdre. *(Elle se penche en avant et tire dessus)*

CONSTANTIN VASSILIEVITCH

Forcément, si vous tirez dessus comme une dératée !

VARVARA IVANOVNA

Il pendouille, je vais vous le recoudre.

CONSTANTIN VASSILIEVITCH

C'est très aimable à vous, mais non vraiment, ne vous donnez pas cette peine, d'autant plus que vous ne m'avez pas l'air bâtie pour les travaux domestiques. Les biographies peut-être bien, mais les travaux domestiques… Un bon point pour vous, notez. Quand un homme se lie à une ménagère, trois mois après c'est lui qui descend la poubelle.

VARVARA IVANOVNA

(Qui préfère ne pas répondre)

Vous avez une aiguille et du fil ?

CONSTANTIN VASSILIEVITCH

Ça m'étonnerait que j'ai vécu jusqu'à présent sans une aiguille et du fil !

VARVARA IVANOVNA

Ça se trouve où ?

CONSTANTIN VASSILIEVITCH

(Indiquant le petit cheval du début de la pièce)

Dans le nécessaire à chaussures. Du moins, jadis…

VARVARA IVANOVNA

(Toujours avare de ses mots)

Donnez…

CONSTANTIN VASSILIEVITCH

Si c'est un ordre !… *(Il fouille dans son nécessaire à chaussures, en sort un petit nécessaire à coudre, d'où il extrait une petite bobine de fil qu'il lui tend)* Ça vient de Singapour, j'y ai fait une tournée. J'en ai rapporté aussi un bouddha. *(Indiquant de la tête le grand bouddha)* Tenez, il est là…

VARVARA IVANOVNA

(Sans regarder le bouddha)

Marron le fil…

CONSTANTIN VASSILIEVITCH

Pourquoi ?

VARVARA IVANOVNA

La veste est marron.

CONSTANTIN VASSILIEVITCH

(Regardant sa veste comme s'il la découvrait pour la première fois)

Ah bon, j'ai toujours cru qu'elle était beige moi ! *(Il regarde à nouveau dans son nécessaire et en sort une petite bobine de fil plus foncé qu'il lui tend. Il lui tend aussi un dé.)*

VARVARA IVANOVNA

Pourquoi faire ?

CONSTANTIN VASSILIEVITCH

Ah bon...

(Varvara Ivanovna qui s'est levée, visiblement, en effet, n'a pas une passion pour la couture. Debout, elle enfile laborieusement son aiguille. Constantin Vassilievitch debout près d'elle, la regarde faire, le nez quasiment sur l'aiguille, comme s'il assistait à une opération militaire)

VARVARA IVANOVNA

(Sans égard particulier, mais sans acrimonie non plus, du bout des lèvres)

Vous me cachez le jour...

CONSTANTIN VASSILIEVITCH

(Sans bouger)

Il n'y en a pas. Il n'y a jamais eu de jour dans cette pièce. L'embrasure des fenêtres entrave le jour blafard.

VARVARA IVANOVNA

(Comme plus haut sans agressivité aucune, mais sans ménagement)

Ça ne vous empêche pas de vous pousser, au lieu de rester bras ballants comme un samovar !

CONSTANTIN VASSILIEVITCH

(Haussant les épaules)

Bras ballants… comme un samovar…

(Il recule d'un pas. Varvara Ivanovna après avoir enfilé le fil dans l'aiguille, finit d'arracher le bouton de Constantin Vassilievitch d'un petit coup sec)

CONSTANTIN VASSILIEVITCH

(De mauvaise foi, car elle est au contraire très féminine)

Vous n'avez jamais été kapo non plus vous… vous n'êtes pas une survivante du blocus de Saint-Pétersbourg comme votre Svletana Maximova… Vous ne braillez pas des numéros de loterie dans un porte-voix à l'angle de la Place Rouge… non je disais ça au cas où…

VARVARA IVANOVNA

Ne bougez pas… *(Tandis qu'elle entreprend de recoudre son bouton, tout d'un coup de l'avoir là contre lui il en devient muet. Il respire ses cheveux debout contre elle, et n'ose pas bouger tout d'un coup tétanisé. A un moment donné on a l'impression qu'il pourrait se laisser aller à la prendre dans ses bras, mais bien entendu il s'en abstient. Varvara Ivanovna apparemment étrangère à son trouble, tourne plusieurs fois le fil autour du bouton, fait un nœud et casse le fil d'un petit coup sec)* Voilà.

CONSTANTIN VASSILIEVITCH

Déjà ?… *(Ne se résolvant pas à s'écarter d'elle)* Vous êtes sûre qu'il tient ? Les autres boutons aussi ? Ceux des manches ?

VARVARA IVANOVNA

(Tandis qu'il continue de la regarder de tout près)

Ça va… Voilà… *(Elle lui rend son nécessaire)*

CONSTANTIN VASSILIEVITCH

(Qui ne s'est pas tout à fait remis de son trouble, murmure) Gardez-le... Ça peut toujours servir...

VARVARA IVANOVNA

(Gênée)

Mais non... c'est à vous.

CONSTANTIN VASSILIEVITCH

Mais si... chaque fois que vous recoudrez un bouton, vous vous direz « c'est cet abruti de Constantin Romanov qui me l'a donné »... Comme ça vous ne m'oublierez pas dans vos prières, ça vous obligera à penser à moi... enfin je veux dire... ce n'est jamais qu'un nécessaire à coudre...

VARVARA IVANOVNA

(Pose le petit nécessaire sur la table)

Mais non, il n'y a pas de raison... *(Un silence s'instaure brièvement. Un peu déroutée et regardant autour d'elle pour faire diversion)* C'est un vrai musée chez vous.

CONSTANTIN VASSILIEVITCH

(Dont l'ironie reprend le dessus)

Mais il n'est pas ouvert au public entre 9 heures et 19 heures tous les jours sauf le lundi, comme le musée Pouchkine, avec une baba à l'entrée qui se chauffe les genoux contre un radiateur à pétrole et vous engueule si vous n'avez pas mis les patins !

VARVARA IVANOVNA

Quand vous répondez sans arrêt par des bêtises on a envie de vous sauter dessus !

CONSTANTIN VASSILIEVITCH

(A nouveau tout près d'elle, avec un pouvoir de séduction insoupçonné)

Sautez-moi dessus !... *(Varvara Ivanovna le fixe déboussolée. Constatant son trouble, il préfère changer de registre, et recule de quelques pas)* Ah, il faut faire attention à ce qu'on dit hein !... On pourrait vous prendre au pied de la lettre.

VARVARA IVANOVNA

(Encore un peu déboussolée)

Les deux autres-là... votre chauffeur et votre ancien garde du corps, on ne les entend plus ?

CONSTANTIN VASSILIEVITCH

Ils sont partis.

VARVARA IVANOVNA

Où ça ?

CONSTANTIN VASSILIEVITCH

Ce soir ils chantent au bazar slave, rue Nikolskaïa, en face du magasin où j'achète mes harengs.

VARVARA IVANOVNA

(Vaguement inquiète)

On est seul !

CONSTANTIN VASSILIEVITCH

Je vous ferai remarquer qu'on l'était déjà tout à l'heure. Pratiquement ! Il y a douze pièces dans cette maison.

VARVARA IVANOVNA

(Marmonne)

Douze pièces...

CONSTANTIN VASSILIEVITCH

Vous imaginez la perte en chauffage à cause d'une erreur d'administration ! Je me serais contenté de moins moi. Quoique les appartements ici sont tous grands. Anton Kouprine a sept pièces pour lui seul, avec des statues africaines partout, et à l'entrée du salon, deux géants noirs en ébène qui portent des chandeliers sur lesquels il accroche en passant son bonnet ethnique. *(Hochant la tête)* Un bonnet ethnique, Anton Kouprine ! Comment êtes-vous logée vous… parce que les logements à Moscou… !

VARVARA IVANOVNA

J'ai un appartement dans le quartier des ambassades, derrière le restaurant aux chandelles Lazagne.

CONSTANTIN VASSILIEVITCH

Vous ne vous mouchez pas du coude…

VARVARA IVANOVNA

C'est ma maison d'édition qui le paie de Londres ou de Paris… en dollars.

CONSTANTIN VASSILIEVITCH

(Comme pour la « génération dollars » au début du I)

C'est une époque « dollars » !

VARVARA IVANOVNA

Mon éditeur est serbe. Il y entasse des bouquins en attendant d'ouvrir une maison d'édition à Moscou.

CONSTANTIN VASSILIEVITCH

Si par hasard vous avez des pépins – avec les Serbes on ne sait jamais vous savez ! – vous pouvez toujours vous installer ici. Une supposition, pour vous éviter des allées et venues, vous occupez, simple hypothèse, une des pièces qui donnent sur la cour intérieure, avec votre machine à écrire, pendant tout le temps que vous devez cuisiner la vieille Sokolova et écrire votre bazar de livre, je ne m'en aperçois même pas.

VARVARA IVANOVNA

A quoi ça sert ?

CONSTANTIN VASSILIEVITCH

Quoi ?

VARVARA IVANOVNA
(Le provoquant inconsciemment)

Que je squatte chez vous si vous ne vous en apercevez pas !

CONSTANTIN VASSILIEVITCH
(Aussitôt)

Je peux m'en apercevoir, si c'est ce qui vous chicane... ! Il suffit que je m'arrange pour sortir en même temps que vous dans le couloir. On peut même se voir ailleurs que dans le couloir, si vous voulez...

VARVARA IVANOVNA
(A nouveau démontée)

Vous... n'êtes pas... marié ?

CONSTANTIN VASSILIEVITCH

Non, mais je suis ouvert à toute proposition !... *(Voyant qu'elle ne pipe mot)* Je vous fais peur !... *(Un peu rude)* Hein ? *(Tandis qu'elle ne pipe toujours pas mot)* *(Plutôt au deuxième degré, avec son humour à froid :)* J'ai l'air d'une brute au premier abord, mais je ne ferais pas de mal à une mouche, vous savez ! *(Sans qu'on sache vraiment si c'est du lard ou du cochon)* Je suis un tendre moi. Je suis un esthète et un féminin. Un acteur est souvent le contraire de ses emplois. Tenez, j'ai été pressenti en même temps que Smoctonovski pour tourner un grand film sur la vie de Roublev. J'ai passé une journée à la galerie Tretiakov, assis devant l'icône du Saint-Sauveur. La semaine d'après c'est Smoctonovski avec sa gueule de saint martyrisé qui décrochait le rôle. A moi on me collait le rôle d'un salaud de moine qui tue son chien d'un coup de fusil dans la neige pour suivre Roublev. Est-ce que j'ai la tête d'un salaud de moine qui tue son chien d'un coup de fusil dans la neige pour suivre Roublev ! Ben oui, j'en ai la tête, la tête si on veut, seulement je n'ai jamais trucidé personne. *(Il bougonne)* Quoique l'envie ne m'en ait pas manqué...

VARVARA IVANOVNA

(Pas spécialement rassurée)

Bon... eh bien... je vais peut-être rentrer...

CONSTANTIN VASSILIEVITCH

Vous avez vu l'heure qu'il est ?

VARVARA IVANOVNA

Justement il est tard.

CONSTANTIN VASSILIEVITCH

Vous allez vous arrêter chez la vieille Sokolova en descendant ? A cette heure-ci vous n'en tirerez rien, elle grignote des gâteaux turcs braquée sur le journal télévisé, son turban en lamé sur la tête. Toute la sainte journée elle grignote des gâteaux turcs, regarde la télévision en tirant sur son fume-cigarettes, et roupille sous son turban en lamé. Déjà qu'elle a le cerveau comme les montres molles de Salvador Dali.

VARVARA IVANOVNA

Je repasserai chez Arkadina Sokolova... *(Comme si elle n'en était pas certaine)* Je repasserai une autre fois.

CONSTANTIN VASSILIEVITCH

(Un peu déboussolé)

Ah bon…

VARVARA IVANOVNA

Eh bien… au revoir… merci pour les blinis…

CONSTANTIN VASSILIEVITCH

Vous en voulez un dernier, avant de partir ! Ça cale l'estomac, surtout pour retourner de l'autre côté de la Moscova. Il neige… vous avez vu comme il neige !

VARVARA IVANOVNA

(En lui tendant la main)

Non non… merci… J'ai l'habitude…

CONSTANTIN VASSILIEVITCH

Vous n'avez pas de manteau…

VARVARA IVANOVNA

Si… je l'ai laissé sur le palier…

CONSTANTIN VASSILIEVITCH

(S'apprêtant à sortir sur le palier)

Je vais vous donner un coup de main…

VARVARA IVANOVNA

Non… non… ne vous dérangez pas… *(Lui tendant la main)* Au revoir…

CONSTANTIN VASSILIEVITCH

(Constantin Vassilievitch hésite un instant, et lui serre la main, comme s'il serrait une petite patte. Il marmonne)

Eh bien au revoir… c'est-à-dire littéralement en attendant de se revoir…

VARVARA IVANOVNA

(s'éloigne, et revient un instant sur ses pas, Constantin Vassilievitch la regarde, comme s'il s'attendait à Dieu sait quoi)
J'ai oublié de me présenter. Je m'appelle Varvara.

CONSTANTIN VASSILIEVITCH

Varvara...

VARVARA IVANOVNA

Varvara Ivanovna... C'est le nom d'une grand'tante qui s'est jetée par la fenêtre du cinquième étage de l'hôtel Ukraïna !

CONSTANTIN VASSILIEVITCH

(Un peu interloquée, tandis qu'elle s'éloigne pour de bon cette fois)

Attention à la marche d'escalier. Elle est usée... Elle pique du nez... *(Il bougonne, à peine audible, en la suivant des yeux)* Je ne voudrais pas qu'il vous arrive malheur chez moi... *(Il rentre, donne un coup à la porte qui ferme mal, s'assied un moment, contemple la chaussure qu'il s'apprêtait à cirer avant son arrivée. Puis il approche de lui le petit cheval en bois, l'ouvre, en retire ses gants qu'il enfile, le cirage, et tout d'un coup reste songeur, et répète)* Varvara... Ivanovna.

Fin de l'acte I

ACTE II

Scène I

Même atmosphère qu'au I, la musique tzigane en moins. Constantin Vassilievitch seul, des petites lunettes de presbyte sur le nez, une longue écharpe autour du cou, assis au milieu de son bazar mi-russe, mi-byzantin, lit un manuscrit. De temps en temps il hoche la tête ou acquiesce d'une façon indistincte. Il interrompt sa lecture un instant, marmonne « Qu'est-ce que je fous avec cette écharpe autour du cou ! », l'envoie valser dans la pièce et reste un moment songeur. La sonnerie de la porte d'entrée retentit comme au début du I, mais dans le silence total cette fois et le tire brutalement de sa torpeur.

CONSTANTIN VASSILIEVITCH

(Se lève lentement, entrouvre la porte de communication de l'appartement, et lance à la cantonade comme précédemment)

Piotr Petrovitch… la porte ! *(Personne ne répond) (Il répète)* Fedor Sergueievitch… la porte ! *(Idem) (Toujours à la cantonade, en se rasseyant)* C'est pas la vieille d'en dessous avec ses pirojkis, elle a claqué cette nuit !… Les pompiers sont venus, juste avant votre retour du Russia… Au fait, vous ne deviez pas être frais en rentrant du Russia, il était bien cinq heures ! *(Personne ne répond. Toujours assis, comme si personne n'avait sonné)* Quelle galère ces deux-là… ah non mais ils sont « graves », « limites » hein ! lourds à remuer comme une cuillère dans une purée de lentille… sourds comme des pots… ! Voix ukrainiennes de mes deux… tziganes de pacotille… Ça gratte la guitare toute la nuit l'œil de braise, et ça cligne de l'œil toute la journée à la lumière du jour comme des marmottes ! *(La sonnerie retentit de nouveau à la porte d'entrée. Constantin Vassilievitch grommelle)* C'est encore les pompes funèbres... Casse-burnes un croque-mort... Quand ça vous tient un croque-mort !... On y va ! On y va *(Indiquant son front)* Y a pas écrit « Pour les couronnes mortuaires, voire à l'étage au-dessous » ! *(Il se lève lentement à nouveau, va ouvrir lui-même, et tombe en arrêt sur Varvara Ivanovna. Il la considère un moment comme si des siècles bizarrement s'étaient écoulés depuis leur entrevue, et comme si rien pourtant n'avait changé)*

VARVARA IVANOVNA

Bonjour...

CONSTANTIN VASSILIEVITCH

(Laisse tomber à son tour au bout d'un moment)

Bonjour... *(Pour lui-même, faisant allusion à la mort d'Arkadina Sokolova et à cette visite inattendue)* Ça doit être la journée... ! *(Il ne pense qu'après coup à serrer la main qu'elle lui tend, et reprend plus désarçonné qu'il ne le voudrait, et beaucoup moins macho qu'au début du I)* Ne restez pas dans le courant d'air... Entrez... Vous allez prendre froid !

VARVARA IVANOVNA

(Enlevant son long manteau)

Je vais le laisser sur le palier, il est plein de neige.

CONSTANTIN VASSILIEVITCH

Mais non ! *(Il referme la porte qui ferme mal, d'un coup sec, prend le manteau et le pose sur un perroquet. Tout d'un coup son regard tombe sur ses chaussures.)*

VARVARA IVANOVNA

Qu'est-ce qu'il y a ?

CONSTANTIN VASSILIEVITCH

Rien.

VARVARA IVANOVNA

(Se rendant compte qu'il s'agit de ses chaussures. De grosses chaussures exagérément lourdes comme on fait maintenant, mais qui en réalité mettent en valeur sa minceur et sa féminité)

Elles ne vous plaisent pas ?

CONSTANTIN VASSILIEVITCH

Vous aussi vous étiez dans l'armée... ? *(Tandis qu'elle considère ses chaussures sans piper mot)* C'est pratique au moins ?... Si c'est inconfortable par-dessus le marché des engins pareils, ça relève du masochisme.

VARVARA IVANOVNA

Qu'est-ce qu'elles ont ? Elles sont aussi bien que vos « rangers » !

CONSTANTIN VASSILIEVITCH

(Bougonne)

Peut-être après tout... *(Il tourne un moment sur lui-même comme un gros chien indécis et tombe de nouveau en arrêt)* Vous revenez pour Arkadina Sokolova ! Pas de chance, elle a rendu l'âme cette nuit ! Vous seriez venue hier après-midi, elle avait tous ses esprits. Le soir elle a voulu boire une tisane. Mal lui en a pris. Elle n'a même pas eu le temps de prendre sa tasse ! On l'a retrouvée assise sur son lit dans son éternel turban, comme une bougie sous son éteignoir, la main posée sur sa table de chevet. C'est une belle mort, notez... *(Continuant de tourner, son manuscrit à la main)* Oui... Il va falloir déménager tout ça... Elle vivait dans un capharnaüm ! On aurait dit un bordel d'Istanboul... Du moins c'est comme ça qu'on imagine les bordels d'Istanboul. C'était l'arrière petite fille d'un décembriste déporté en Sibérie, et la fille d'un général de cavalerie de

Nicolas II qui a fait fortune sur le tard dans l'importation de pantoufles brodées asiatiques, et s'est suicidé par amour pour une danseuse... une danseuse déjà ! J'ai appris ça ce matin à la télévision...

VARVARA IVANOVNA

Ça vous fait quelque chose ?

CONSTANTIN VASSILIEVITCH

Tout ces plats de pirojkis huileux, ça va finir par manquer ! Ses coups de balai aussi. Quand elle me voyait dans un vieux film, elle faisait donner des coups de balai au plafond par sa grosse géorgienne avant de me faire crier le titre du film par la fenêtre, des fois que je ne le saurais pas moi-même !

VARVARA IVANOVNA

Vous travaillez ?

CONSTANTIN VASSILIEVITCH

(Tranquille)

On me propose un film. Une affaire d'espionnage... encore... moins compliquée que la vôtre l'autre jour, mais gratinée quand même. Un chef de réseau bolchevique à l'époque de Krouchtchev, se fait passer pour un moine en s'introduisant au monastère de Zagorsk, dans le but de saper l'Eglise orthodoxe. Un de ses agents, un faux jésuite, infiltré au Vatican, agit directement auprès du pape pour déstabiliser du même coup l'Eglise catholique en séduisant un cardinal homosexuel. Naturellement le salaud bolchevique qui torture au fond des caves du monastère, c'est moi. Ça me rappelle une anecdote. Quand j'étais président de l'union des acteurs, le KGB, pour me suivre à la trace, a fait installer à mon insu un appareil à ultra sons dans le plombage d'une de mes dents de sagesse. Comme j'éprouvais une gêne bizarre j'ai consulté un autre dentiste qui a découvert le pot-aux-roses.

VARVARA IVANOVNA

Et alors ?

CONSTANTIN VASSILIEVITCH

L'appareil était placé de telle sorte qu'on a dû arracher la dent.

VARVARA IVANOVNA

Quelle horreur...

CONSTANTIN VASSILIEVITCH

(Sans forfanterie)

J'en ai connu d'autres vous savez...

VARVARA IVANOVNA

Les femmes ont dû vous tomber dans les bras comme des mouches, avec tout ce que vous avez vécu.

CONSTANTIN VASSILIEVITCH

(Evasif, sans qu'on sache de quoi il en retourne)

Off... J'ai l'air d'un attrape-mouches !

VARVARA IVANOVNA

(Légèrement désarçonnée, regardant autour d'elle)

Ça n'a pas changé chez vous.

CONSTANTIN VASSILIEVITCH

En huit jours je me demande ce qui aurait pu changer !

VARVARA IVANOVNA

(Au bout d'un moment)

Vous...

CONSTANTIN VASSILIEVITCH

A mon âge on ressemble aux vieux appartements, on ne change pas beaucoup non plus.

VARVARA IVANOVNA

(Pour laquelle l'âge ne signifie pas grand-chose, comme souvent chez les gens jeunes)

Vous avez quel âge…

CONSTANTIN VASSILIEVITCH

(Qui ne s'y attend pas, bougonne)

Vous n'avez qu'à regarder dans un programme du Théâtre des Arts.

VARVARA IVANOVNA

J'ai regardé. Vous êtes entré au conservatoire d'art dramatique de Moscou en 1952, mais on ne dit pas à quel âge, et vous avez mis en scène la trilogie des tsars d'Alexis Tolstoï au Théâtre des Arts en 1961.

CONSTANTIN VASSILIEVITCH

Vous auriez eu la bonne idée d'avoir mon âge à ce moment-là, vous m'auriez connu jeune.

VARVARA IVANOVNA

Je ne vous aurais pas aimé jeune, moi.

CONSTANTIN VASSILIEVITCH

(Mi-figue mi-raisin)

On peut savoir pourquoi ?

VARVARA IVANOVNA

Je n'en sais rien… Je vous préfère comme ça… avec vos petites lunettes de presbyte… votre veste fatiguée… votre air macho…

CONSTANTIN VASSILIEVITCH

(Enlevant du coup ses petites lunettes, au bout d'un moment bougonne, pour lui-même)

Au fond ça doit être un compliment !

VARVARA IVANOVNA

(Regardant la table vide et le samovar)

D'habitude à cette heure-ci vous prenez le thé !

CONSTANTIN VASSILIEVITCH

Les habitudes... ça va... ça vient... *(Avec un sous entendu dont on perçoit qu'il la concerne)* Depuis quelque temps elles sont chamboulées...

VARVARA IVANOVNA

Pourtant votre vie a l'air bien réglée.

CONSTANTIN VASSILIEVITCH

Evidemment vue à travers un programme du Théâtre des Arts ! *(Regardant par la fenêtre)* Jouer, mettre en scène, apprendre son texte, acheter son pain rue Kropotkine, boire un demi samovar de thé, au fond vivre c'est facile quand on ne cherche pas la complication. *(Avec un nouveau sous-entendu)* Vous me direz qu'à ce moment-là c'est la complication qui vous cherche... et quand on est dedans... *(Se retournant un instant)* Vous en voulez du thé !

VARVARA IVANOVNA

(Marmonne)

Non... non...

CONSTANTIN VASSILIEVITCH

Il suffit de le dire...

VARVARA IVANOVNA

Non... non...

CONSTANTIN VASSILIEVITCH

Le samovar est brûlant…

VARVARA IVANOVNA

Merci… sans façon. *(Devant le silence de Constantin Vassilievitch, elle reprend)* Bon eh bien… *(Machinalement elle prend l'écharpe de Constantin Vassilievitch qui traîne dans un coin, et la met autour de son cou, comme si elle s'apprêtait à partir)*

CONSTANTIN VASSILIEVITCH

Vous partez ?… Qu'est-ce que vous faites ? Vous venez à peine d'arriver.

VARVARA IVANOVNA

(Se rendant compte de sa bévue, et enlevant l'écharpe)

Rien… rien… excusez-moi… c'est une erreur… je l'ai mise machinalement… j'ai souvent la tête ailleurs. Je suis d'un naturel distrait…

CONSTANTIN VASSILIEVITCH

(Pour lui-même)

Depuis la dernière fois ça ne s'est pas arrangé… Complètement « allumée » *(A elle)* Vous la voulez mon écharpe !

VARVARA IVANOVNA

(Murmure)

Non… non…

CONSTANTIN VASSILIEVITCH

C'est du cashmere…

VARVARA IVANOVNA

Non… non…

CONSTANTIN VASSILIEVITCH

C'est de bon cœur hein !

VARVARA IVANOVNA

(Un peu plus vivement)

Mais non !

CONSTANTIN VASSILIEVITCH

Dommage, je trouvais qu'elle vous allait bien moi… enfin les goûts et les couleurs… *(Il reprend, un soupçon rude)* C'est parce qu'elle vient de moi !

VARVARA IVANOVNA

(Du bout des lèvres)

Mais non… Au contraire.

CONSTANTIN VASSILIEVITCH

Au contraire… Ça veut dire quoi ?

VARVARA IVANOVNA

(A nouveau)

Parfois vous avez quelque chose de…

CONSTANTIN VASSILIEVITCH

De quoi !

VARVARA IVANOVNA

(Sans qu'on sache exactement de quoi il en retourne)

D'irrésistible…

CONSTANTIN VASSILIEVITCH

(Ne sachant sur quel pied danser)

« Irrésistible »…

VARVARA IVANOVNA

La voix peut-être…

CONSTANTIN VASSILIEVITCH

La voix… *(Bougon)* C'est tout…

VARVARA IVANOVNA

C'est déjà beaucoup…

CONSTANTIN VASSILIEVITCH

Vous trouvez, vous ? C'est quand même la moindre des choses d'avoir une voix pour un acteur… *(Vaguement désarçonné il regarde à nouveau par la fenêtre)*

VARVARA IVANOVNA

(Elle hésite et finalement s'approche elle aussi de la fenêtre, et reprend) Qu'est-ce que vous regardez ?

CONSTANTIN VASSILIEVITCH

Oulianov qui arrive au Théâtre Vartangov. Voilà un homme qui a porté toute sa vie une chapka énorme pour compenser sa petite taille. *(Continuant de regarder par la fenêtre)* En voilà une de voix de théâtre tiens… beau coffre de russe… belle nature de cabot… *(Sans malignité, comme une simple constatation)* Richard III, Otello, Falstaff, il les a tous joués avec dix centimètres en moins sur scène, et quarante centimètres en plus en sortant du théâtre avec sa chapka. *(Sans s'en rendre compte il met les deux mains sur ses épaules tandis qu'elle regarde elle aussi par la fenêtre, et laisse tomber)* Il neige, vous avez vu comme il neige… On ne voit déjà plus le rez-de-chaussée du Vartangov. Tolstoï disait qu'à Moscou certains hivers, la neige coinçait les fenêtres du premier étage pendant des mois. Ça me fait penser aux alouettes en pain de seigle qu'on achetait gamin, avant de traverser à pied la Moscova gelée pour économiser les tickets de métro. *(Se rendant compte qu'il la tient par les épaules il la relâche, et revient au centre de la pièce, tourne un court moment sur lui-même et reprend, pour dire de poursuivre la conversation)* Alors... cette biographie...

VARVARA IVANOVNA

C'est comme pour votre appartement. En huit jours ça n'a pas beaucoup bougé non plus.

CONSTANTIN VASSILIEVITCH

(Pour lui-même, dont l'ironie reprend toujours le dessus)

C'est d'une logique irréfutable ! Vous savez ce que Tolstoï a dit à Tchekhov qui lui rendait visite en Crimée « Mon pauvre Anton, vous m'êtes très sympathique, mais vos pièces sont mauvaises. Elles sont encore pires que celles de Shakespeare. » Et Tchekhov, vous savez ce que Tchekhov lui faisait remarquer à Tolstoï « Vous condamnez vos personnages à deux ans de bagne, on voit bien que vous ne connaissez pas le bagne. Le bagne on vous en colle au moins pour vingt ans. » Vous savez aussi ce qu'il pensait de sa morale austère : « La raison et la justice me disent que dans l'électricité et la vapeur il y a plus d'amour de l'homme que dans la chasteté et l'abstinence prônée par Tolstoï ! » *(Voyant qu'elle ne réagit pas)* Enfin bon... personnellement je me garde de tout jugement ! Je disais ça pour vous donner un coup de main, comme votre Svletana... comment déjà !

VARVARA IVANOVNA

Maximova...

CONSTANTIN VASSILIEVITCH

(Vaguement jaloux, sans s'en rendre compte)

Svletana Maximova... La kapo-là qui ne vous lâche pas !

VARVARA IVANOVNA

Kapo pas tant que ça... C'est vrai qu'elle est un peu nationaliste et qu'elle déteste les Ukrainiens... surtout les Géorgiens et les Caucasiens ! Elle n'aime pas Soljénitsyne non plus. Elle le considère comme un ancien déserteur et un traître à sa patrie...

CONSTANTIN VASSILIEVITCH

Elle n'a pas demandé qu'on le fusille... non !

VARVARA IVANOVNA

Vous pouvez vous moquer d'elle. Elle a fait ses études à l'Institut Smolny de Saint-Pétersbourg.

CONSTANTIN VASSILIEVITCH

L'Institut Smolny, il a cessé de fonctionner depuis Nicolas II ! *(Au deuxième degré)* Quoiqu'au fond, c'est possible. Pourquoi pas !

VARVARA IVANOVNA

Elle connaît l'Histoire de l'Etat russe et Les Lettres d'un Voyageur russe de Karamzine comme sa poche ; elle fouille les archives des journées entières à la bibliothèque Lénine pour moi ; le soir, elle me fait la cuisine et court les marchés pour me préparer du borchtch à l'aneth et au coriandre ; un jour elle s'est mise à pleurer parce que je refusais de manger l'esturgeon qu'elle avait piqué à l'hôtel Intourist avec ses tickets de guide ; quand on marche ensemble dans la rue, elle se met toujours du côté des voitures pour recevoir la boue à ma place. Vous connaissez le récit de Tolstoï « La mort d'Ivan Illitch ». La seule personne qui accepte qu'Ivan Illitch pose toute la nuit sa jambe malade sur ses épaules, c'est son moujik. Svletana Maximova est comme ça... un moujik dévoué prêt à courber l'échine toute la nuit pour vous soulager.

CONSTANTIN VASSILIEVITCH

Si vous avez mal quelque part, je peux vous soulager aussi…

VARVARA IVANOVNA

Depuis que j'ai commencé à écrire un roman, elle ne téléphone jamais sans me dire « Qu'est-ce que tu fais ? Tu écris, si tu écris je raccroche. » parce qu'elle est persuadée que j'ai du talent.

CONSTANTIN VASSILIEVITCH

(Un peu abasourdi par son réquisitoire)

Je n'ai rien contre votre Svletana Maximova. A vrai dire, elle n'a pas occupé mes jours… *(Toujours avec ses allusions déguisées)* Enfin pas elle… Si elle les a occupés, c'est par ricochet… par ricochet dans un certain sens…

VARVARA IVANOVNA

(Sans bien saisir)

Par ricochet…

CONSTANTIN VASSILIEVITCH

Je n'ai rien contre elle. Il en faut des bonnes femmes de cet acabit pour foutre la trouille à la maffia ! je suis même prêt à faire sa connaissance… Avec un peu de bonne volonté, on s'habitue à tout ! Dans l'armée on avait pour médecin-chef une de ces babas baraquées comme des chargeurs de camions de choux. Ça ne rigolait pas mais on s'y était habitué ! On ne peut pas dire que ça rigolait, mais on s'y était habitué.

VARVARA IVANOVNA

Elle rigole… Je dors dans un grand tee-shirt imprimé KGB, ça la fait pleurer de rire.

CONSTANTIN VASSILIEVITCH

On ne doit pas avoir le même sens de l'humour.

VARVARA IVANOVNA

L'autre jour, quand elle a voulu me faire entrer gratuitement au musée Pouchkine avec sa carte, le contrôleur a ronchonné « Dites donc ancienne survivante du blocus, pour combien de personnes et pendant combien de siècles encore ! » elle était écroulée de rire aussi. Pourtant elle en a mangé de la vache enragée.

CONSTANTIN VASSILIEVITCH

Ça fait la mâchoire plus solide notez...

VARVARA IVANOVNA

(Sans agressivité)

On ne peut pas discuter. Vous êtes un monument de mauvaise foi. Vous avez un parti pris contre elle !

CONSTANTIN VASSILIEVITCH

(Avec mauvaise foi en effet)

Moi !

VARVARA IVANOVNA

(Comme une simple constatation)

Vous tournez tout en dérision...

CONSTANTIN VASSILIEVITCH

Je tourne tout en dérision !

VARVARA IVANOVNA

Vous êtes comme tous les acteurs qui ne pensent qu'à parader sur scène... un beau parleur.

CONSTANTIN VASSILIEVITCH

(Abasourdi)

Un beau parleur...

VARVARA IVANOVNA

(Du bout des lèvres, comme une simple constatation à nouveau)

Vous n'avez pas de cœur...

CONSTANTIN VASSILIEVITCH

Je n'ai pas de cœur... non mais qu'est-ce qu'elle raconte ! Mais si... justement j'en ai un, c'est bien là la problème ! Seulement vous apparaissez... vous disparaissez, par la magie du Saint-Esprit. Vous voilà à nouveau pour me chercher des noises... ! Quand on ne s'y attend pas, ça surprend... forcément... Comment vous dire... vous êtes déroutante, mais charmante, un peu trop... vous le seriez moins, vos entrées et sorties passeraient peut-être inaperçues... Tenez, si votre Svletana entrait en ce moment... honnêtement je m'en ficherais... mais vous... Et puis mettez-vous à ma place... La dernière fois déjà, vous m'avez traité de samovar... Laissez-moi le temps de m'y faire... on ne m'a jamais traité de samovar... Notez bien un samovar c'est utile. On le pose là, sur la table. On s'en sert tous les jours. Ça vous rendrait service de vous servir de moi tous les jours ? Je ne demande qu'à vous rendre service moi !... *(Tandis qu'elle ne répond pas)* Parce que c'est vrai au fond, je suis un samovar, un grand samovar cabossé, encombrant, maladroit, un peu mal embouché, bras ballants, ben oui bras ballants comme les manchots de l'Antarctique, *(En y réfléchissant)* évidemment les manchots de l'Antarctique ça ne pense pas qu'à être sur scène, ça ne tourne rien en dérision ! Mais de temps en temps ça se casse la figure sur la banquise, vous n'avez jamais vu des manchots se casser la figure sur la banquise ? En tous cas moi je tiens debout, je suis là, je vous regarde... je vous écoute... Je me fiche complètement de mon manuscrit. *(Il le bazarde dans un coin)* Un film ce n'est pas rien vous savez... Quoique celui-ci... Ah, si c'était La « Maison Russie » avec Sean Connery... Rappelez-moi l'intrigue déjà !...

Ça m'avait l'air coton... Un éditeur américain devenu espion à cause d'un savant nucléaire qui lui envoie un manuscrit comportant des secrets-défense, et qui meurt d'une hépatite inoculée par le KGB, passe du côté russe... enfin l'éditeur, par amour pour l'intermédiaire, c'est-à-dire l'ancienne petite amie du scientifique, en fournissant aux Russes la liste des courses, autrement dit des renseignements nucléaires transmis par le savant, mais la liste des courses était fausse, du coup il n'a trahi personne et tout le monde l'a dans l'os, Anglais, Américains et Russes. C'est bien ça à quelque chose près ! C'est cette histoire de liste des courses qui m'échappe un peu, mais enfin bon... *(Tandis qu'elle se tait, murée dans son silence)* Vous n'auriez pas un fichu caractère vous... hein ?... Voyons comment je pourrais vous dérider ? Vous connaissez l'histoire de la souris qui court à côté de l'éléphant et qui dit « Qu'est-ce qu'on fait comme poussière... » Non ?... Vous voulez que je vous chante « Les Bateliers de la Volga » ? Tenez... si je cassais ma pipe, là tout d'un coup devant vous, comme Arkadina Sokolova, ça vous flanquerait un sacré coup, vous verriez les choses autrement.

VARVARA IVANOVNA

Vous avez une tête à faire de vieux os.

CONSTANTIN VASSILIEVITCH

Excusez-moi, on ne fait pas toujours ce qu'on veut ! *(Il tourne un instant sur lui-même et s'immobilise à nouveau)* Varvara Maximova...

VARVARA IVANOVNA

Ivanovna !

CONSTANTIN VASSILIEVITCH

Ivanovna pardon... Maximova c'est... *(Il fait signe « c'est l'autre »)* toute ma vie j'ai voulu qu'on me foute la paix, et toute ma vie j'ai pesté contre la terre entière, parce que c'est précisément ce que la terre entière ne voulait pas faire : me foutre la paix. Avec vous, bizarrement c'est le contraire. Si vous n'étiez pas revenue me chercher des noises et me compliquer l'existence à domicile, j'aurais senti comme un vide, une fadeur quelque part... Parce qu'honnêtement c'est vous qui revenez me chercher des noises à domicile. La première fois, vous vous êtes trompée de porte d'accord. La deuxième, vous ne saviez pas qu'Arkadina Sokolova avait passé l'arme à gauche dans la nuit soit, mais sachant où elle logeait, cette fois logiquement vous auriez dû sonner à sa porte, d'autant plus que les couronnes mortuaires, en toute logique, auraient dû vous indiquer le chemin. La logique vous savez, on n'y coupe pas. Or vous avez sonné à ma porte ! Tout à l'heure vous avez mis mon écharpe par inadvertance, mais il ne vous manque pas tout le temps une case ! Ma sonnette, vous n'avez pas appuyé dessus par erreur ! Vous vous en êtes rendu compte qu'il s'agissait de ma sonnette... ?

VARVARA IVANOVNA

J'ai croisé Anton Kouprine sur son palier...

CONSTANTIN VASSILIEVITCH

Anton Kouprine... sur son palier... Qu'est-ce que vous fichiez sur son palier ? Il vous a fait entrer dans son antre de zoulou ?

VARVARA IVANOVNA

C'est vrai qu'avec sa moustache il ressemble à Staline.

CONSTANTIN VASSILIEVITCH

(Jaloux comme un pou)

Qu'est-ce qu'il vous a dit ?... Il vous a draguée ! Faites attention, c'est un vieux vicelard !... *(Réalisant qu'on s'égare)* Dites donc, vous n'avez jamais été gymnaste par hasard ?

VARVARA IVANOVNA

(Après un soupçon d'hésitation, s'attendant à Dieu sait quoi)

Pourquoi ?

CONSTANTIN VASSILIEVITCH

Vous avez une façon de faire le grand écart entre un propos et un autre ! Je réitère ma question... à tout hasard... au cas où vous auriez une certaine continuité dans le cerveau. Au lieu de sonner chez Arkadina Sokolova, vous avez sonné à ma porte. Pourquoi ? Vous êtes en panne avec votre biographie ? Vous vous êtes dit « Tiens, puisqu'Arkadina Sokolova a cassé sa pipe, je vais passer lui redemander son histoire de terres cuites à l'original-là, ça fera un peu de remplissage. »

VARVARA IVANOVNA

Je passais... pour dire de passer... sans idée préconçue.

CONSTANTIN VASSILIEVITCH

(A double sens)

Des idées préconçues je n'en ai pas non plus, vous savez... ! Je dirais même qu'à votre égard je n'en ai pas du tout... Je peux même vous en donner la preuve... Vous en voulez la preuve ? *(Il avance d'un pas. Voyant qu'elle recule, il écarte les bras dans un geste d'impuissance)* Ah ! Il faut savoir ce qu'on veut dans la vie !... *(Devant son visage toujours un peu muré)* Ecoutez... j'ai peut-être quelque chose d'un hussard ou d'un cosaque... quoiqu'un cosaque... Et puis j'aime bien aller faire un tour de temps en temps du côté de l'ancien manège... En tout cas bon... changeons notre fusil d'épaule pour éviter tout heurt ou malheur... reprenons tout à zéro d'accord ? Comme si on ne se connaissait pas. Vous débarquez avec vos boots, vous aviez des boots la première fois. Je cire tranquillement ma chaussure, j'étais en train de cirer ma chaussure quand vous avez sonné, je vais ouvrir à la place de Piotr Petrovitch, je tombe sur vous qui me demandez si vous êtes bien chez Arkadina Sokolova l'ancienne danseuse du Bolchoï... Malheureusement cette fois-ci je suis obligé de vous apprendre qu'elle n'est plus de ce monde...

VARVARA IVANOVNA

(Marmonne)

Vous raillez tout le temps...

CONSTANTIN VASSILIEVITCH

Moi je raille tout le temps !... Je ne raille pas tout le temps. Au contraire, j'essaie d'arranger les bidons. Vous m'avez dit tout à l'heure que vous commenciez à écrire un roman... vous êtes une intello vous... ! Je l'ai senti tout de suite quand vous m'avez parlé de Lermontov et de Gogol... Je vous l'ai même dit... vous vous souvenez ? Non... vous ne vous souvenez pas... Je peux dire n'importe quoi, ça entre par une oreille, ça sort par l'autre ! Vous écrivez un roman... ? il suffisait de le savoir ! Si je vous téléphone je commencerai par vous demander « Vous écrivez... ? si vous écrivez, je raccroche... » comme l'autre-là... Svletana Maximova. *(Pour lui-même)* Elle va finir par me gâcher la vie celle-là ! Vous ne voulez pas me l'amener par là, que je vois un peu sa tête et qu'on en finisse une fois pour toutes ?

VARVARA IVANOVNA

Vous vous prendriez tout le temps de bec !

CONSTANTIN VASSILIEVITCH

Mais non. Je suis sûr que non. Vous m'avez parlé d'esturgeon. Elle sait faire l'esturgeon grillé ?

VARVARA IVANOVNA

On ne peut pas être plus macho.

CONSTANTIN VASSILIEVITCH

(De mauvaise foi)

Moi !... Dites, Svletana Maximova, elle ne serait pas de la race nationaliste-léniniste-féministe, ou de la race de ces babas en fichus qui pleurent devant les icônes du monastère San Andronikov, un cierge à la main, se cassent les reins pour embrasser le sol, et ensuite engueulent tout le monde comme du poisson pourri sur les marchés à grands coups de cabas ! Je préfère encore les vieilles autour de la Place Rouge qui louent des Play Boy trente secondes pour deux cents roubles. Vous avez vu ça, en haut de la Place Rouge, ces vieilles qui demandent deux cents roubles pour feuilleter trente secondes un vieux Play Boy !

VARVARA IVANOVNA

(Délibérément sans humour)

Je ne lis pas Play Boy.

CONSTANTIN VASSILIEVITCH

(Bougonne en haussant les épaules, sincère)

Moi non plus !

VARVARA IVANOVNA

Vous avez tort de lui taper dessus. Svletana Maximova vous a souvent vu au cinéma. Elle vous a adoré dans un film où vous faisiez un gardien de zoo.

CONSTANTIN VASSILIEVITCH

Elle aime bien les gardiens de zoo ?

VARVARA IVANOVNA

Ça ne m'étonnerait pas qu'elle soit entichée de vous...

CONSTANTIN VASSILIEVITCH

(Vivement)

Pas de blague !

VARVARA IVANOVNA

Quand elle a su que je vous connaissais, elle a failli tomber dans les pommes.

CONSTANTIN VASSILIEVITCH

(Direct)

Et vous...

VARVARA IVANOVNA

Quoi moi ?

CONSTANTIN VASSILIEVITCH

Quand vous avez su que vous me connaissiez, vous n'avez pas failli tomber dans les pommes ?

VARVARA IVANOVNA

(Marmonne)

Je vous admire aussi...

CONSTANTIN VASSILIEVITCH

Je ne vous le fais pas dire.

VARVARA IVANOVNA

A l'exception d'Amadeus. Je ne vous ai pas aimé dans Salieri.

CONSTANTIN VASSILIEVITCH

Forcément c'est un rôle de raté. Les femmes n'aiment pas les ratés. Elle préfèrent les héros ! *(Au deuxième degré)* Il en faut du courage pour avoir du talent quand on ne joue pas les héros, vous savez ! Votre roman... il pullule de héros je parie ? C'est l'histoire de quoi ?

VARVARA IVANOVNA

(Après un soupçon d'hésitation)

C'est la rencontre inopinée de deux êtres que tout sépare... l'âge... le tempérament... les générations... pourtant ils s'attirent comme un aimant .. *(Le sujet visiblement s'inspire de leur rencontre)*

CONSTANTIN VASSILIEVITCH

(Feignant de ne pas s'en rendre compte)

Ah bon... Le sujet vous en est venu comment... Récemment ? je veux dire vous l'avez commencé quand ?... Non, non, ne me le dites pas... vous allez encore m'accuser de raillerie ou de provocation... Ça va encore créer des malentendus... Votre roman... ne me le racontez surtout pas... vous me le ferez lire en même temps que la biographie sur Tchekhov, ça vaut mieux... Ne le prenez pas mal hein... ne jetons pas d'huile sur le feu... restons sur des choses simples, sans équivoques. Voyons... un petit verre de vodka... ? L'autre fois ça vous avait assez réussi...

VARVARA IVANOVNA

Non... non merci...

CONSTANTIN VASSILIEVITCH

(Qui s'apprêtait à prendre la bouteille)

Vous avez peur de vous laisser aller, c'est ça ?... Pourtant quand vous vous laissez aller, on ne s'achemine pas vers la débauche, soyez sans crainte ! Une petite goutte, une lichette ? Ou alors de la bière tatare au millet... non ? *(Il s'apprêtait à se servir et y renonce aussi)* Vos bouquins... en somme si vous me les faites lire, c'est qu'on se reverra, ou vous me les enverrez... donc vous ne m'oublierez pas comme une chaussette.

VARVARA IVANOVNA

Vous n'avez rien d'une chaussette… ou alors c'est une grande chaussette !

CONSTANTIN VASSILIEVITCH

(Sans forfanterie et sans raillerie)

Quand on est grand, évidemment on chausse grand !… *(Regardant à nouveau par la fenêtre. Au bout d'un moment :)* On continue d'apporter des fleurs à Arkadina Sokolova… Elle adorait les lys blancs. Pour trouver des lys blancs à Moscou en plein hiver, il faut se lever de bonne heure…

VARVARA IVANOVNA

C'est ce que vous avez fait ?

CONSTANTIN VASSILIEVITCH

(Manifestement il l'a fait. Au bout d'un moment)

Ça vous étonne hein !

VARVARA IVANOVNA

Avec la trempe que vous avez… pas vraiment.

CONSTANTIN VASSILIEVITCH

(Regardant toujours par la fenêtre)

La neige dans la nuit est presque bleue, comme dans les contes de pierre de la Sainte-Russie. Le vent s'est levé. Il doit faire un froid de loup. Au fond les Russes adorent le froid. Vous savez ce qu'on joue ce soir au Vartangov…

VARVARA IVANOVNA

Le Journal d'un Fou. J'ai vu les affiches en passant.

CONSTANTIN VASSILIEVITCH

(Regardant toujours par la fenêtre)

Ils ne varient pas beaucoup leur répertoire. Je l'ai joué quatre ans au Taganka. Dans le Journal d'un Fou à la page quatre-vingt-trois des anciennes éditions d'Etat, il y a cette mention « Pas de date. Ce jour-là était sans date. » Aujourd'hui ce n'est pas un jour sans date... Arkadina Sokolova nous a quittés, sur la pointe des pieds, normal pour une ancienne danseuse. Ça va faire un vide. *(Il se retourne et revient progressivement vers elle)* Et puis le même jour... vous voilà... plutôt vous revoilà... *(Il la regarde et se tait un long moment)* On passe toute sa vie au pas de charge peut-être... Pourtant je suis zen vous êtes d'accord ? Je suis plutôt zen *(Tranquille en effet)* et un beau jour on se rend compte que le feuilleté caucasien – c'est la mère de Fedor Sergueievitch qui a la manie de nous préparer du feuilleté caucasien – le pain au cumin, tout d'un coup n'a plus le même goût... Un être un peu mal embouché, soyez franche vous êtes bien un peu mal embouchée, un phénomène en somme comme dirait Tchekhov avec une silhouette flexible et des grosses godasses impossibles, fait éruption chez vous... la première fois on sait pourquoi, la deuxième fois un peu moins, on se fait engueuler... taxer de beau parleur et on reste là... pantois ! On reste là... . Il ne s'agit plus de dire son texte, Gogol, Tchekhov, Gorki, les autres, mais le sien... C'est une autre paire de manches... Beau parleur c'est vite dit... On ne sait pas très bien ce qu'on raconte. On a peur de se tromper, de commettre une bévue, de se faire des illusions... On pense à sa vie... à son âge... on ne pense plus à son métier, on s'en fout... on a une certitude dans la tête et en même temps comme un grand trou... *(Faisant allusion à son roman)* Pour un peu on en ferait un roman... pourtant tout est normal, c'est ça le problème... tout est normal et si familier... dans l'ordre des choses, en quelque sorte. Mais on reste là... planté *(Allusion à ce qu'elle lui a dit)* sans cœur... bras ballants... comme un samovar... qui entrave le jour... blafard... que voulez-vous la comparaison m'a frappé !

VARVARA IVANOVNA
(Murmure, ébranlée)

Qu'est-ce qui vous arrive... Vous me faites un numéro... ?

CONSTANTIN VASSILIEVITCH
(Au bout d'un moment, rupture dans le ton)

Elle est folle !... J'ai passé toute une vie à jouer dans des salles bondées, je ne vais pas me mettre à jouer dans ce salon pour vous toute seule !... Je suis acteur, c'est une affaire entendue... d'autres sont bien capitaine de pompiers !... Vous les aimez les capitaines de pompiers ? *(Tandis qu'elle se tait)* Pourquoi n'aimeriez-vous pas les acteurs !

VARVARA IVANOVNA
(Au bout d'un moment)

Je les aime...

CONSTANTIN VASSILIEVITCH
(Sincère, sans raillerie aucune)

Vous « les » aimez... ! J'aurais préféré le singulier... mais vous n'êtes peut-être pas forte en conjugaison... L'idée ne vous est jamais venue d'en aimer un seul... *(Tandis qu'elle se tait à nouveau)* Certains cherchent le bonheur et se perdent au coin d'une rue. Moi je n'ai rien cherché. Vous m'êtes tombée dessus comme un pan de glace qui tombe d'un toit. Vous avez déjà vu un pan de glace qui tombe d'un toit ? Je ne dis pas qu'avant vous je touchais le fond de la sérénité, je dis bien toucher le fond de la sérénité, car la sérénité c'est quand même une sacrée fosse ! Mais je jouais, ben oui je jouais, je vivais, j'étais content d'acheter mon pain au cumin devenu froid en route... peut-être !... Je mangeais les blinis de Fedor Sergueievitch avec une moitié de caviar, quand Piotr Petrovitch ne rajoutait pas la moitié gauche, mais je les mangeais en lisant mes manuscrits, sans avoir la hantise de vous voir repartir d'ici en jetant comme l'autre fois « Merci pour les blinis ». Ou « Alors au revoir... je m'appelle Varvara Ivanovna... c'est le nom d'une grand'tante qui s'est jetée du cinquième étage de l'hôtel Ukraïna ! » Parce que c'est bien ma hantise à présent... non pas que vous vous jetiez du cinquième étage de l'hôtel Ukraïna, mais vous voir repartir d'ici. *(Il reprend)* Evidemment... on est en droit de se dire « Ce type est fou ! » Fou... oui, personnellement je l'ai toujours été !... Ou « il ne s'est pas regardé ! » Je ne me suis peut-être pas regardé... mais dans ce métier même si on ne se regarde pas, on est obligé de se voir ! Ce qu'il y a entre vous et moi... plutôt entre moi et vous... parce que vous... je ne sais pas... relève bien de... *(Butant sur les mots ou les idées)* de quoi au fait ? De l'aberration... ? L'aberration... vous savez ce que c'est vous ? *(Il fait signe que lui n'en sait rien)* Un routard du théâtre comme moi, par rapport à vous... ce n'est sans doute pas logique... la logique encore... mais c'est là, aussi tangible que mes chaussures cirées. Je suis un tangible moi... Quand vous avez fait éruption ici je cirais ma chaussure, depuis j'ai ciré les deux, mais ça ne s'est pas arrangé... pour moi ! Pour vous, allez savoir... *(Il se tait, et reprend soudain, devant son silence)* Vous n'étiez pas parente avec le type qui a construit la grande muraille de Chine ? Parce que la grande muraille de Chine c'est de la foutaise à côté de votre silence !... Pour en revenir à Tchekhov, souvenez-vous de la réplique d'Astrov à la fin d'Oncle Vania, renonçant à l'Afrique pour retrouver sa petite vie médiocre « On doit crever de chaud là-bas ! » Oncle Vania, je l'ai joué douze ans... Mais la veulerie, le renoncement, la petitesse, le provincialisme, le cafard, les idées noires, ça m'a toujours passé au-dessus ! Dans les pièces de Tchekhov on est vieux à trente-sept ans. Je ne me suis jamais senti vieux, moi. J'ai beau essayer, je n'y arrive pas ! Je ne renonce pas à l'Afrique... quitte à attraper le paludisme ou la fièvre jaune... Si l'Afrique vient à moi... *(Retrouvant un peu de son humour à froid)* Evidemment, il faudrait que l'Afrique vienne à moi... Vous êtes mon Afrique... *(Au bout d'un court moment)* ça vous l'avez quand même compris ! *(Tandis qu'elle ne répond toujours pas)* Si vous trouvez que je débloque... je peux aussi vous débarrasser le plancher, même si c'est vous qui êtes chez moi. Il suffit de me le dire clairement « Constantin Vassilievitch, vous débloquez, débarrassez-moi le plancher... ! » *(Il attend, et reprend au bout d'un moment, tandis qu'elle continue de se taire)* Pas facile à dire hein !... *(Il se remet à tourner sur lui-même et s'immobilise à nouveau. Extrêmement sincère, avec une profondeur insoupçonnée)* Au lieu de tourner en rond comme un chien sur un tapis trop petit, je peux aussi vous demander si vous ressentez la même chose que moi... Est-ce que vous ressentez la même chose que moi... ? Quelque chose... depuis que vous avez mis les pieds dans cette maison... qui est là et ne vous lâche pas... comme une impossibilité d'éluder la question... *(Repensant à ce qu'elle lui a dit précédemment)* c'est ça... d'irrésistible... une obligation quelque part... l'obligation d'être ensemble...

VARVARA IVANOVNA

(Qui n'a pas bougé durant tout son monologue)

Constantin Vassilievitch...

CONSTANTIN VASSILIEVITCH

(Changeant délibérément de ton)

Ah... elle parle. Elle m'a fait peur !

VARVARA IVANOVNA

Constantin Vassilievitch... *(Sa voix s'étrangle légèrement)* Elle est bien votre veste... *(Tandis qu'il n'a même pas le courage de réagir comme à la fin du I, et de dire en faisant de l'humour « Au moins ça » ! elle reprend)* mais sur celle-là aussi vous perdez un bouton...

(Constantin Vassilievitch regarde son bouton, démonté, ne répond rien) (Elle s'approche plus près de lui. Comme à la fin du I. Constantin Vassilievitch l'a de nouveau tout contre de lui, respire ses cheveux, n'ose pas bouger. Cette fois elle relève la tête, le regarde, et c'est elle lentement qui le serre contre lui. Muet, immobile, beaucoup plus remué que prévu il se laisse étreindre)

(La pièce peut se terminer par une chanson chantée par Vissotski)

*

FIN

TABLE DES MATIÈRES

ACHEVÉ D'IMPRIMER
EN SEPTEMBRE 1997
SUR LES PRESSES DE
L'IMPRIMERIE DU LION
90700 CHATENOIS LES FORGES
DÉPOT LÉGAL : 3e TRIMESTRE 1997
N° d'imprimeur : E 7091375

IMPRIMÉ EN FRANCE